El Niño en la Cima de la Montaña

John Boyne

EL NIÑO EN LA CIMA DE LA MONTAÑA

Traducción del inglés de
Patricia Antón de Vez

Título original: *The Boy at the Top of the Mountain*

Ilustración de la cubierta: iStockphoto
Ilustración de interior: © *Liane Payne*

Copyright © John Boyne, 2015
Copyright de la edición en castellano © Ediciones Salamandra, 2016

Publicaciones y Ediciones Salamandra, S.A.
Almogàvers, 56, 7º 2ª - 08018 Barcelona - Tel. 93 215 11 99
www.salamandra.info

ISBN: 978-84-9838-727-8
Depósito legal: B-4.068-2016

1ª edición, abril de 2016
Printed in Spain

Impresión: Romanyà-Valls, Pl. Verdaguer, 1
Capellades, Barcelona

A mis sobrinos, Martin y Kevin

PRIMERA PARTE

1936

1

Tres manchas rojas en un pañuelo

Pese a que el padre de Pierrot Fischer no había muerto en la Gran Guerra, su madre, Émilie, siempre decía que la guerra lo había matado.

Pierrot no era el único niño de siete años en París que vivía sólo con uno de los progenitores. El niño que se sentaba delante de él en el colegio no veía a su madre desde que ella se había fugado con un vendedor de enciclopedias, y el matón de la clase, que llamaba a Pierrot *Le Petit* por lo pequeñajo que era, vivía con sus abuelos en una habitación sobre el estanco que regentaban en la avenue de la Motte-Picquet, donde se pasaba la mayor parte del tiempo dejando caer desde la ventana globos llenos de agua sobre las cabezas de los transeúntes, para luego insistir en que él no había tenido nada que ver con el asunto.

También el mejor amigo de Pierrot, Anshel Bronstein, vivía solo con su madre, madame Bronstein, en un apartamento en la planta baja de su propio edificio en la cercana avenue Charles-Floquet, pues su padre se había ahogado dos años antes cuando trataba de cruzar a nado el canal de la Mancha.

Pierrot y Anshel, nacidos con sólo dos semanas de diferencia, se habían criado prácticamente como hermanos, con una madre ocupándose de ambos críos cuando la otra necesitaba echarse un rato. Aun así, nunca se peleaban, como suelen hacer tantos hermanos. Anshel era sordo de nacimiento, de modo que los dos niños habían desarrollado muy pronto un lenguaje de signos con el que se comunicaban con facilidad, expresando con dedos ágiles cuanto necesitaban decir. Incluso habían creado símbolos especiales para ellos mismos, en lugar de utilizar sus nombres. Anshel eligió el signo del perro para Pierrot, pues consideraba a su amigo generoso y leal, mientras que Pierrot adoptó el signo del zorro para Anshel, de quien todos decían que era el niño más listo de la clase. Cuando utilizaban esos nombres, sus manos se movían así:

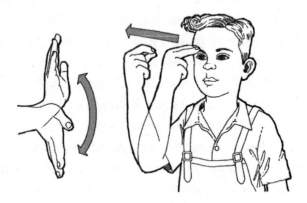

Pasaban juntos la mayor parte del tiempo, chutando una pelota de fútbol en el Champ-de-Mars o leyendo los mismos libros. Tan íntima era su amistad que Pierrot era la única persona a la que Anshel permitía leer las historias que escribía en su dormitorio por las noches. Ni siquiera madame Bronstein sabía que su hijo quería ser escritor.

—*Ésta es buena* —indicó por señas Pierrot, con los dedos aleteando en el aire mientras le tendía un fajo de páginas a su amigo—. *Me ha gustado la escena del caballo y la parte en la que descubren el oro escondido en el ataúd.* —Y devolviéndole un segundo montón, dijo—: *Ésta no lo es tanto, pero sólo porque tu letra es tan terrible que hay partes que ni siquiera he conseguido leer.* —Entonces, agitando un tercer fajo de páginas en el aire como si estuviera en un desfile, añadió—: *Y ésta no tiene ni pies ni cabeza. Yo en tu lugar la tiraría directamente a la papelera.*

—*Es experimental* —explicó Anshel, a quien no le importaban las críticas, pero a veces se ponía un poco a la defensiva cuando a su amigo no le gustaba alguna de sus historias.

—*No* —insistió Pierrot, negando con la cabeza—. *Sencillamente no tiene sentido. No debes dejar que nadie la lea. Pensarán que has perdido la chaveta.*

A Pierrot también le gustaba la idea de escribir historias, pero nunca conseguía quedarse sentado el rato suficiente para plasmar las palabras en la página. En vez de eso, se instalaba en una silla frente a su amigo y narraba mediante señas cosas que se inventaba o alguna aventura que había oído en el colegio. Anshel lo observaba con atención, para transcribirlo todo más tarde.

—*¿Así que esto lo he escrito yo?* —preguntaba Pierrot cuando por fin su amigo le daba las páginas y él las leía.

13

—*No, lo he escrito yo* —contestaba Anshel, negando con la cabeza—. *Pero la historia es tuya.*

Émilie, la madre de Pierrot, apenas hablaba ya de su esposo, pero el niño pensaba en su padre constantemente. Wilhelm Fischer había vivido con su mujer y su hijo hasta hacía tres años, pero se había marchado de París en el verano de 1933, unos meses después de que Pierrot cumpliera los cuatro. Él lo recordaba como un hombre alto que imitaba los sonidos de un caballo cuando lo llevaba por las calles sobre sus anchos hombros, a ratos al galope, algo que siempre lo hacía chillar de pura satisfacción. También le enseñaba alemán, para que recordara su ascendencia, y ponía mucho empeño en ayudarlo a tocar canciones sencillas al piano, aunque Pierrot sabía que nunca llegaría a hacerlo tan bien como él. Su padre interpretaba melodías tradicionales que emocionaban a los invitados hasta las lágrimas, en especial cuando las acompañaba con aquella voz dulce y potente, que tenía la capacidad de evocar recuerdos y pesares. Pierrot quizá no tuviera grandes dotes musicales, pero lo compensaba con su facilidad para las lenguas: pasaba de hablar alemán con su padre a usar el francés con su madre sin la menor dificultad. Su numerito para las fiestas consistía en cantar *La Marseillaise* en alemán y luego *Das Deutschlandlied* en francés, una habilidad que a veces hacía sentir incómodos a los asistentes a la cena.

—No quiero que vuelvas a hacer eso, Pierrot —dijo su madre una noche, después de que su interpretación hubiera causado una pequeña desavenencia con unos vecinos—. Si quieres lucirte, aprende otra cosa. Juegos malabares, trucos de magia o a hacer el pino. Cualquier cosa que no suponga cantar en alemán.

—¿Qué tiene de malo el alemán? —quiso saber Pierrot.

—Sí, Émilie —intervino el padre desde la butaca del rincón, donde había pasado la velada bebiendo vino en exceso, algo que siempre lo dejaba rumiando sobre las malas experiencias que lo obsesionaban—. ¿Qué tiene de malo el alemán?

—¿No has tenido ya suficiente, Wilhelm? —preguntó ella, volviéndose para mirarlo con los brazos en jarras.

—¿Suficiente de qué? ¿De que tus amigos se dediquen a insultar a mi país?

—No estaban insultándolo —respondió ella—. Es sólo que les cuesta olvidar la guerra, nada más. Sobre todo a aquellos que perdieron a sus seres queridos en las trincheras.

—Pero no les importa venir a mi casa a comerse mi comida y beberse mi vino.

El padre esperó a que Émilie hubiese vuelto a la cocina para llamar a Pierrot y rodearle la cintura con un brazo.

—Algún día recuperaremos lo que nos pertenece —dijo, mirando al niño a los ojos—. Y cuando lo hagamos, recuerda de qué lado estás. Es posible que hayas nacido en Francia y vivas en París, pero eres alemán hasta la médula, como yo. No lo olvides, Pierrot.

• • •

A veces, su padre despertaba en plena noche y sus gritos reverberaban en los pasillos oscuros y desiertos de su apartamento; el perro de Pierrot, *D'Artagnan*, saltaba aterrado de su cesta, subía a la cama del niño y se colaba bajo las sábanas junto a su amo, temblando. Pierrot se tapaba con la manta hasta la barbilla y escuchaba a través de las finas paredes cómo su madre trataba de calmar a su padre, susurrándole que todo iba bien, que estaba en casa con su familia, que sólo había sido una pesadilla.

—Pero no ha sido una pesadilla —oyó decir a su padre en cierta ocasión, con voz temblorosa por la angustia—, sino algo peor. Ha sido un recuerdo.

En ocasiones, Pierrot se despertaba con la necesidad de hacer una rápida visita al baño y encontraba a su padre sentado a la mesa de la cocina, con la cabeza apoyada sobre la superficie de madera, murmurando para sí con una botella vacía volcada a su lado. Cuando eso ocurría, Pierrot corría escaleras abajo, descalzo, y arrojaba la botella al cubo de basura del patio para que su madre no la encontrara por la mañana. Muchas veces, cuando volvía a subir, su padre se había levantado y, de algún modo, había encontrado el camino de regreso a la cama.

Ni el padre ni el hijo hablaban nunca de esas cosas al día siguiente.

Una vez, sin embargo, cuando Pierrot había salido en una de esas misiones de madrugada, resbaló en los peldaños mojados y cayó rodando al suelo; no se hizo daño, pero la botella que llevaba en la mano acabó hecha añicos, y al ponerse en pie se clavó un fragmento en la planta del pie izquierdo. Esbozando una mueca de dolor, se lo arrancó y la sangre empezó a manar rápidamente entre la piel desgarrada. Cuando volvió cojeando al apartamento en busca de una venda, su padre se despertó y vio de lo que había sido responsable. Tras desinfectar la herida y asegurarse de que quedara bien vendada, sentó a su hijo y se disculpó por haber bebido. Enjugándose las lágrimas, le dijo a Pierrot que lo quería muchísimo y le prometió que nunca más haría nada que pudiera ponerlo en peligro.

—Yo también te quiero —respondió Pierrot—. Pero cuando más te quiero es cuando me llevas a hombros y finges ser un caballo. No me gusta que te sientes en la butaca y te niegues a hablarnos a mí y a Madre.

—A mí tampoco me gustan esos momentos —contestó su padre—. Pero a veces es como si tuviera una nube oscura justo encima y no consiguiera moverla. Por eso bebo. Me ayuda a olvidar.

—¿A olvidar qué?

—La guerra. Las cosas que vi. —Cerró los ojos y añadió en un susurro—: Las cosas que hice.

Pierrot tragó saliva, casi temiendo preguntar.

—¿Qué hiciste?

Su padre esbozó una sonrisa triste.

—Fuera lo que fuese, lo hice por mi país. Eso lo entiendes, ¿verdad?

—Sí, Padre —contestó Pierrot sin saber muy bien a qué se refería, pero le pareció una respuesta valiente—. Yo también seré soldado si con eso te sientes orgulloso de mí.

Wilhelm miró a su hijo y le apoyó una mano en el hombro.

—Sólo asegúrate de elegir el bando adecuado.

Después de eso, estuvo sin beber durante varias semanas. Y entonces, tan repentinamente como lo había dejado, la nube oscura de la que había hablado volvió, y empezó otra vez.

Su padre trabajaba de camarero en un restaurante del barrio. Desaparecía todas las mañanas sobre las diez y volvía a las tres, y luego se marchaba de nuevo a las seis para servir durante la cena. En cierta ocasión llegó a casa de muy mal humor y explicó que alguien llamado Papa Joffre había acudido a comer al restaurante. Él se había negado a servirle, hasta que el patrón, monsieur Abrahams, le dijo que si no lo hacía podía irse a casa y no volver más por allí.

—¿Quién es Papa Joffre? —quiso saber Pierrot, que nunca había oído ese nombre.

—Fue un gran general durante la guerra —explicó su madre mientras sacaba un montón de ropa de una cesta y la dejaba junto a la tabla de planchar—. Un héroe para nuestro pueblo.

—Para *tu* pueblo —corrigió el padre.

—No olvides que te casaste con una francesa —dijo Émilie, volviéndose con cara de enfadada.

—Porque me enamoré de ella —respondió él—. Pierrot, ¿te he contado ya cuándo vi a tu madre por primera vez? Fue un par de años después de que acabara la Gran Guerra. Había quedado en encontrarme con mi hermana Beatrix durante su descanso del almuerzo, y cuando llegué a los grandes almacenes donde trabajaba, estaba hablando con una de las nuevas ayudantes, una joven tímida que había empezado aquella misma semana. Para mí, fue mirarla y saber de inmediato que era la chica con la que iba a casarme.

Pierrot sonrió; le encantaba que su padre contara esa clase de historias.

—Abrí la boca para hablar, pero no me salió una sola palabra. Fue como si el cerebro se me hubiese dormido. Me quedé ahí plantado, mirándola, sin decir nada.

—Pensé que tenía algún problema —comentó su madre, sonriendo al recordarlo.

—Beatrix tuvo que sacudirme agarrándome de los hombros —dijo su padre, riéndose de lo tonto que se había mostrado.

—De no haber sido por tu hermana, nunca habría accedido a salir contigo —añadió su madre—. Ella me dijo que debía darte una oportunidad, que no eras tan tonto como parecías.

—¿Por qué nunca vemos a la tía Beatrix? —quiso saber Pierrot.

Había oído mencionar su nombre varias veces a lo largo de su corta vida, pero no la conocía. Nunca acudía a visitarlos ni les escribía cartas.

—Porque no —zanjó su padre; la sonrisa se desvaneció de su rostro y su expresión cambió.

—Pero ¿por qué no?

—Déjalo, Pierrot.

—Sí, déjalo, Pierrot —repitió su madre, y su rostro se ensombreció también—. Porque eso es lo que hacemos en esta casa. Apartamos de nuestra vida a la gente que queremos, no hablamos de las cosas que importan y no permitimos que nadie nos ayude.

Y así, por las buenas, ensombreció una conversación alegre.

—Come como un cerdo —dijo su padre unos minutos después, agachándose junto a Pierrot para mirarlo a los ojos, y curvó los dedos para que parecieran garras—. Papa Joffre, quiero decir. Como una rata que mordisquea una mazorca de maíz.

Una semana tras otra, su padre se quejaba de que su sueldo era muy bajo, de que monsieur y madame Abrahams lo miraban por encima del hombro y de que los parisinos eran cada vez más tacaños con las propinas.

—Por eso nunca tenemos dinero. Son todos unos agarrados. En especial los judíos, ésos son los peores. Y no dejan de venir porque, según dicen, madame Abrahams prepara el mejor pescado *gefilte* y los mejores *latkes* de toda Europa occidental.

—Anshel es judío —dijo Pierrot en voz baja.

Lo sabía porque a menudo veía a su amigo marcharse al templo con su madre.

—Anshel es uno de los buenos —murmuró su padre—. Dicen que en todo cajón de buenas manzanas hay una podrida. Bueno, pues la cosa funciona también al revés...

—Nunca tenemos dinero —lo interrumpió su madre— porque te gastas casi todo lo que ganas en vino. Y no deberías hablar así de nuestros vecinos. No olvides cómo...

—¿Acaso crees que he comprado esto? —la interrumpió él, y cogió una botella para enseñarle la etiqueta: era el vino de la casa que servían en el restau-

20

rante. Y, dirigiéndose a Pierrot en alemán, añadió—: Tu madre puede ser muy ingenua a veces.

A pesar de todo, a Pierrot le encantaba estar con su padre. Una vez al mes lo llevaba al jardín de las Tullerías, donde le enseñaba los nombres de los distintos árboles y las plantas que flanqueaban los senderos y le explicaba los cambios que sufrían con el paso de las estaciones. Le contó que sus propios padres habían sido horticultores entusiastas, enamorados de todo lo que tuviera que ver con la tierra.

—Pero lo perdieron todo, por supuesto. Les quitaron la granja. El fruto de su duro trabajo quedó destruido. Nunca se recuperaron.

De camino a casa, su padre compró helados a un vendedor ambulante, y cuando el de Pierrot se cayó al suelo, le dio el suyo.

Ésas eran las cosas que Pierrot trataba de recordar cuando había problemas en casa. Apenas unas semanas después, presenció una pelea en el salón cuando unos vecinos —no eran los mismos que habían puesto objeciones a que Pierrot cantara *La Marseillaise* en alemán— empezaron a hablar de política. Se levantaron la voz, se echaron en cara antiguos agravios y, cuando los vecinos se fueron, los padres de Pierrot se enzarzaron en una discusión terrible.

—¡Ojalá dejaras de beber! —exclamó su madre—. El alcohol te hace decir cosas horribles. ¿No te das cuenta de lo mucho que disgustas a la gente?

—¡Bebo para olvidar! —respondió a gritos su padre—. Tú no has visto las cosas que he visto yo. No tienes esas imágenes dándote vueltas en la cabeza día y noche.

—Pero todo eso pasó hace mucho —replicó ella, y se acercó más a él para cogerlo del brazo—. Por favor, Wilhelm, sé que sufres mucho, pero quizá el problema es que te niegas a hablar de ello con sensatez. Si compartieras tu dolor conmigo, a lo mejor...

Émilie nunca llegó a acabar la frase, porque en ese momento Wilhelm hizo algo muy malo; algo que había hecho por primera vez unos meses atrás y que había jurado no repetir, aunque desde entonces había faltado en varias ocasiones a su promesa. Y por disgustada que estuviera, la madre de Pierrot siempre encontraba un modo de disculpar su conducta, en especial cuando encontraba a su hijo llorando en su habitación después de presenciar la terrible escena.

—No debes echarle la culpa a él —le dijo.

—Pero te hace daño —respondió Pierrot, con los ojos llenos de lágrimas.

Desde la cama, *D'Artagnan* miró a uno y luego al otro, y bajó de un salto para hundir el hocico en el costado de su amo; cuando Pierrot estaba disgustado, el animalito siempre lo sabía.

—Está enfermo —explicó Émilie, llevándose una mano a la cara—. Y cuando alguien que queremos está enfermo, nuestro deber es ayudarlo a sanar. Si nos deja. Pero si no lo hace... —Inspiró profundamente antes de volver a hablar—. Pierrot, ¿cómo te sentirías si tuviéramos que irnos a otro sitio?

—¿Todos?

Ella negó con la cabeza.

—No. Sólo tú y yo.

—¿Y qué pasa con Padre?

Émilie lanzó un suspiro y Pierrot vio lágrimas en sus ojos.

—No lo sé, pero las cosas no pueden seguir así.

Pierrot vio por última vez a su padre una cálida noche de mayo, poco después de cumplir cuatro años. Una vez más, el suelo de la cocina estaba cubierto de botellas vacías, y su padre empezó a gritar y a golpearse la cabeza con las manos, quejándose de que estaban ahí, de que estaban todos ahí dentro y venían a por él para vengarse. Las cosas que decía no tenían ningún sentido para Pierrot. Su padre se dirigió entonces al aparador y arrojó al suelo platos, cuencos y tazas, haciéndolos añicos. Su madre alargó los brazos hacia él y le suplicó que se calmara, pero Wilhelm blandió el puño, la golpeó en la cara y le gritó cosas tan terribles que Pierrot se tapó las orejas y echó a correr con *D'Artagnan* hasta su dormitorio, donde ambos se escondieron en el armario. Pierrot temblaba y trataba de contener las lágrimas mientras el perrito, que odiaba esas situaciones, gimoteaba hecho un ovillo contra su cuerpo.

Pierrot pasó varias horas dentro del armario, hasta que todo quedó en silencio otra vez. Cuando salió, su padre había desaparecido y su madre estaba tendida en el suelo, inmóvil, con la cara ensangrentada y magullada. *D'Artagnan* se acercó a ella con cautela, agachó la cabeza y le lamió la oreja repetidas veces, tratando de despertarla, pero Pierrot sólo pudo mirarla fijamente sin poder creer lo que veía. Armándose de valor, bajó a toda prisa hasta el apartamento de Anshel. Cuando le abrieron, señaló hacia la escalera, incapaz de articular palabra. Madame Bronstein, que sin duda había oído el alboroto en casa de los Fischer, pero estaba demasiado asustada para intervenir, echó a correr y subió los peldaños de dos en dos o de tres en tres. Entretanto, Pierrot miraba a su amigo: ahí estaban, un niño incapaz de hablar y otro incapaz de oír. Se fijó en un montón de páginas que había sobre la mesa detrás de Anshel y fue hasta allí, se sentó y empezó a leer la última historia de su amigo. De algún modo, sumergirse en un mundo que no era el suyo supuso una agradable forma de evasión.

Pasaron varias semanas sin tener noticias del padre, durante las cuales Pierrot ansiaba y temía a la vez su regreso, hasta que, una mañana, se enteraron de que Wilhelm había muerto arrollado por un tren que cubría el trayecto de Múnich a Penzberg, la ciudad donde había nacido y pasado su infancia. Cuando supo la noticia, Pierrot se dirigió a su habitación, cerró la puerta con llave, miró al perro, que dormía sobre la cama, y dijo, muy tranquilo:

—Padre nos vigila ahora desde ahí arriba, *D'Artagnan*. Y algún día haré que se sienta orgulloso de mí.

Después de aquello, monsieur y madame Abrahams ofrecieron un empleo de camarera a Émilie. A madame Bronstein le pareció de mal gusto, pues, de hecho, se limitaban a cederle el puesto que había ocupado su marido muerto, pero Émilie sabía que ella y Pierrot necesitaban el dinero, y aceptó agradecida.

El restaurante estaba a medio camino entre la casa y el colegio de Pierrot, y todas las tardes el niño se quedaba leyendo y dibujando en una pequeña habitación en el sótano, mientras el personal entraba y salía para tomarse un descanso, charlar sobre los clientes y hacerle carantoñas. Madame Abrahams siempre le bajaba un plato de la especialidad del día, seguido de un cuenco de helado.

Pierrot se pasó tres años, de los cuatro a los siete, sentado todas las tardes en aquella habitación mientras su madre servía a los clientes en el piso de arriba, y, aunque nunca hablaba de él, pensaba cada día en su padre y lo imaginaba allí, poniéndose el uniforme por las mañanas y contando las propinas al final de la jornada.

Años después, cuando Pierrot rememorara su infancia, experimentaría emociones un tanto desconcertantes. Aunque lo entristecía mucho pensar en su padre, tenía un montón de amigos, le gustaba ir a la escuela y su madre y él vivían felices juntos. París florecía y las calles siempre estaban rebosantes de energía y de gente.

Sin embargo, en 1936, el día del cumpleaños de Émilie, lo que debería haber sido una ocasión alegre pasó a tener visos de tragedia. Al anochecer, madame Bronstein y Anshel habían subido con un pequeño pastel para celebrarlo, y Pierrot y su amigo estaban mordisqueando un segundo pedazo cuando, de forma inesperada, Émilie empezó a toser. Al principio, Pierrot pensó que se había atragantado con un trozo de bizcocho, pero la tos duró mucho más de lo que parecía normal y sólo se le pasó cuando madame Bronstein le dio un vaso de agua. Aun así, cuando por fin se recuperó, su madre tenía los ojos inyectados en sangre y se llevó una mano al pecho como si le doliera.

—Estoy bien —dijo cuando volvió a respirar con normalidad—. Debo de estar pillando un resfriado, nada más.

—Pero, querida... —dijo madame Bronstein, que palideció y señaló el pañuelo que Émilie tenía en las manos.

Pierrot lo miró y se quedó boquiabierto cuando vio tres manchitas de sangre en el centro de la tela. Émilie también las observó durante unos instantes, y luego arrugó el pañuelo y se lo metió en el bolsillo. Entonces, apoyando las manos con cautela en los brazos de la silla, se levantó, se alisó el vestido y trató de sonreír.

—Émilie, ¿te encuentras bien? —preguntó madame Bronstein, poniéndose en pie.

La madre de Pierrot se apresuró a asentir con la cabeza.

—No es nada. Probablemente no sea más que una infección de garganta, aunque sí estoy un poco cansada. Quizá debería dormir un rato. Ha sido todo un detalle que trajeras el pastel. Pero si a Anshel y a ti no os importa...

—Claro, claro —respondió madame Bronstein. Le dio unas palmaditas a su hijo en el hombro y se dirigió hacia la puerta con más prisas que nunca—. Si necesitas cualquier cosa, golpea el suelo unas cuantas veces y subiré en un santiamén.

Émilie no tosió más aquella noche, ni durante los días que siguieron, pero al poco, cuando estaba atendiendo a unos clientes en el restaurante, empezó a toser sin control y la bajaron a donde Pierrot jugaba al ajedrez con un camarero. En aquella ocasión, su madre tenía el rostro ceniciento y el pañuelo no estaba manchado de sangre sino empapado de ella. El sudor le corría por la cara y, cuando llegó el doctor Chibaud, le echó un vistazo y llamó a una ambulancia. Al cabo de una hora, Émilie yacía en una cama del hospital Hôtel-Dieu de París y varios doctores la examinaban mientras hablaban en susurros llenos de preocupación.

Pierrot pasó aquella noche en casa de los Bronstein, tendido en la cama con la almohada junto a los pies de su amigo Anshel, mientras *D'Artagnan* roncaba en el suelo. Estaba muy asustado, por supuesto, y le habría gustado hablar con su amigo sobre lo que estaba pasando, pero por bien que se expresara Anshel mediante el lenguaje de signos, de nada le servía en la oscuridad.

Visitó a su madre todos los días durante una semana, y en cada visita parecía faltarle un poco más el aliento. Estaban solos una tarde de domingo cuando la respiración de su madre se detuvo por completo y los dedos que sujetaban los suyos se aflojaron. Entonces la cabeza le cayó hacia un lado, con los ojos todavía abiertos, y Pierrot supo que se había ido.

Se quedó allí sentado muy quieto durante unos minutos. Luego corrió la cortina en torno a la cama y volvió a instalarse en la silla junto a su madre, sujetándole la mano, negándose a dejarla marchar. Finalmente apareció una enfermera muy mayor, se dio cuenta de

2

La medalla en la vitrina

Las hermanas Simone y Adèle Durand sólo se llevaban un año y ninguna de las dos se había casado. Parecían satisfechas con su mutua compañía, pese a que
eran muy distintas.

Simone, la mayor de las dos, era sorprendente-
mente alta, más que la mayoría de los hombres. Era
una mujer muy guapa, con la piel morena y los ojos cas-
taños oscuros. Tenía alma de artista y nada le gustaba
más que sentarse al piano durante horas, perdida en su
música. Adèle, por su parte, era más bien bajita, tenía
el trasero gordo y un cutis cetrino, y caminaba como un
pato, un ave a la que se parecía bastante. Derrochaba
vitalidad y era con mucho la más sociable de las dos,
pero no tenía una sola nota musical en la cabeza.

Las hermanas se habían criado en una gran man-
sión a unos ciento veinte kilómetros al sur de París,
en Orleans, el mismo lugar donde, quinientos años
antes, Juana de Arco había realizado la famosa hazaña
de levantar el sitio de la ciudad. De pequeñas, creían
pertenecer a la familia más numerosa de Francia, pues

había casi cincuenta niños más, de edades que iban desde unas semanas hasta los diecisiete años, viviendo en los dormitorios de la tercera, cuarta y quinta plantas de su casa. Unos eran simpáticos y otros tenían mal genio, unos eran tímidos y otros bravucones, pero todos tenían una cosa en común: eran huérfanos.

Desde las dependencias de la familia en el primer piso se oían sus voces y sus pisadas cuando hablaban antes de irse a la cama o cuando correteaban por las mañanas soltando chillidos al resbalar con sus pies descalzos en los fríos suelos de mármol. Sin embargo, aunque Simone y Adèle compartían su hogar con ellos, se sentían separadas de los demás niños de un modo que no llegarían a entender hasta que fueran mayores.

Monsieur y madame Durand, los padres de las niñas, habían fundado el orfanato después de contraer matrimonio, y lo dirigieron hasta el fin de sus días con normas de admisión muy estrictas. A su muerte, las hermanas tomaron las riendas y se consagraron por entero al cuidado de los niños que estaban solos en el mundo, pero hicieron algunos cambios importantes en esas normas.

—Cualquier niño que no tenga a nadie será bienvenido —declararon—. Para nosotras no significan nada el color, la raza o el credo.

Simone y Adèle estaban muy unidas. Todos los días recorrían juntas los jardines para inspeccionar los arriates de flores y dar instrucciones al jardinero. Aparte de su aspecto físico, lo que verdaderamente las distinguía era que Adèle no parecía capaz de parar de hablar desde que despertaba por las mañanas hasta el instante en que se quedaba dormida por las noches. Su hermana Simone, en cambio, era muy callada, y cuando hablaba utilizaba frases breves, como si con cada aliento consumiera una energía que no podía permitirse desperdiciar.

Pierrot conoció a las hermanas Durand casi un mes después de la muerte de su madre, cuando subió a un tren en la Gare d'Austerlitz, vestido con su mejor ropa y con una bufanda nueva que madame Bronstein le había comprado en las galerías Lafayette la tarde anterior, como regalo de despedida. Ella, Anshel y *D'Artagnan* lo habían acompañado a la estación para despedirse de él, y con cada paso que daba, Pierrot notaba que el corazón se le encogía más y más en el pecho. Se sentía asustado y solo, lleno de dolor por la ausencia de su madre, y deseaba que él y su perro hubieran podido quedarse en casa de su mejor amigo. De hecho, durante las semanas que siguieron al funeral, había vivido con Anshel y observado cómo madre e hijo salían juntos hacia el templo cada *sabbat*. En una de aquellas ocasiones, incluso llegó a preguntar si podía ir con ellos, pero madame Bronstein le dijo que no era una buena idea y que mejor se llevara a *D'Artagnan* a dar un paseo por el Champ-de-Mars. Fueron pasando los días, y una tarde, la madre de Anshel volvió a casa con una de sus amigas. A hurtadillas, Pierrot oyó decir a la invitada que una prima suya había adoptado a un niño gentil y que el pequeño se había convertido enseguida en uno más de la familia.

—El problema no es que sea un gentil, Ruth —contestó madame Bronstein—. El problema es que sencillamente no me alcanza para mantenerlo. No tengo mucho dinero, la verdad. Levi no me dejó gran cosa. Ay, aparento cuanto puedo, o lo intento, pero la vida no es fácil para una viuda. Y lo que tengo lo necesito para Anshel.

—Una debe ocuparse primero de los suyos, por supuesto —comentó la otra—. Pero ¿no hay nadie que pudiera...?

—Lo he intentado. He hablado con todo el mundo que se me ha ocurrido, créeme. Supongo que tú no podrías...

—No, lo siento. Corren tiempos duros, como tú misma has dicho. Además, la vida no está volviéndose precisamente más fácil para los judíos en París, ¿no? Es posible que al chico le vaya mejor con una familia más parecida a la suya.

—Supongo que tienes razón. Perdona, no debería habértelo preguntado.

—Claro que sí. Estás haciendo lo que crees mejor para el chico. Tú eres así. Nosotras somos así. Pero cuando no se puede, no se puede. Bueno, y ¿cuándo vas a decírselo?

—Esta noche, me parece. No va a ser fácil.

Pierrot volvió a la habitación de Anshel dándole vueltas a aquella conversación. Buscó la palabra «gentil» en el diccionario y se preguntó qué tendría que ver con él. Permaneció mucho rato ahí sentado, pasándose de una mano a otra el *yarmulke* de Anshel, que había encontrado colgado en el respaldo de una silla. Más tarde, cuando madame Bronstein entró para hablar con él, lo llevaba puesto en la cabeza.

—Quítate eso —espetó ella, alargando una mano para arrancárselo y volver a dejarlo donde estaba. Era la primera vez que le hablaba con tanta dureza—. Con estas cosas no se juega. Es un objeto sagrado.

Pierrot no dijo nada, pero sintió una mezcla de vergüenza y disgusto. No le estaba permitido ir al templo, tampoco le estaba permitido ponerse el gorrito de su mejor amigo: quedaba bastante claro que allí no era bienvenido. Y cuando madame Bronstein le contó adónde iba a enviarlo, quedó claro del todo.

—Lo siento muchísimo, Pierrot —dijo la mujer cuando hubo acabado de explicárselo—. Pero me han hablado muy bien de ese orfanato. Estoy segura de que allí serás feliz. Y a lo mejor te adopta pronto una familia maravillosa.

—Pero ¿qué pasa con *D'Artagnan*? —quiso saber él bajando la vista hacia el perrito, que dormitaba en el suelo.

—Nosotros podemos cuidar de él —respondió madame Bronstein—. Le gustan los huesos, ¿verdad?

—Le chiflan los huesos.

—Bueno, pues los tenemos gratis, gracias a monsieur Abrahams. Me ha dicho que me regalará unos cuantos cada día, porque él y su mujer le tenían mucho cariño a tu madre.

Pierrot no dijo nada. Estaba seguro de que, de haber sido distintas las cosas, su madre habría acogido a Anshel. Pese a lo que había dicho la señora Bronstein, aquello debía de tener algo que ver con el hecho de que él fuera un gentil. De momento, sencillamente lo asustaba la idea de quedarse solo en el mundo y lo entristecía que Anshel y *D'Artagnan* fueran a tenerse el uno al otro mientras que él no tendría a nadie.

—*Espero no olvidarme de cómo se hace esto* —dijo por señas Pierrot aquella mañana en la estación, cuando esperaba con su amigo en el gran vestíbulo mientras madame Bronstein le compraba un billete sólo de ida.

—*Acabas de decir que esperas no convertirte en un águila* —respondió Anshel riendo, y le enseñó a su amigo qué signos debería haber hecho.

—*¿Has visto?* —contestó Pierrot, deseando ser capaz de arrojar todos los signos al aire para que cayeran en sus dedos en el orden preciso—. *Ya se me está olvidando.*

—*No, no es verdad. Es sólo que aún estás aprendiendo.*

—*Pues a ti se te da mucho mejor que a mí.*

Anshel sonrió.

—*Más me vale.*

Pierrot se dio la vuelta cuando oyó salir el vapor por la válvula de escape de la caldera del tren y el fuerte pitido del silbato del revisor. Aquella imperiosa llamada a despejar el andén le formó un nudo de ansiedad en el estómago. Una parte de él, por supuesto, sentía cierta emoción ante esa etapa del viaje, pues jamás había subido a un tren, pero deseaba que aquel trayecto nunca acabara porque temía lo que pudiera estar esperándolo a su llegada.

—*Tenemos que escribirnos, Anshel* —indicó—. *No debemos perder el contacto.*

—*Todas las semanas.*

Pierrot hizo el signo del zorro, Anshel hizo el del perro, y ambos mantuvieron las manos en el aire como símbolo de su amistad eterna. Tenían ganas de abrazarse, pero había tanta gente a su alrededor que les dio un poco de vergüenza, de modo que se despidieron con un apretón de manos.

—Adiós, Pierrot —dijo madame Bronstein, inclinándose para darle un beso.

El ruido del tren era ahora tan fuerte y el bullicio de la multitud tan abrumador que casi resultó imposible oírla.

—Es porque no soy judío, ¿verdad? —contestó Pierrot mirándola a los ojos—. No le gustan los gentiles y no quiere tener uno viviendo en su casa.

—¿Cómo? —preguntó ella incorporándose, al parecer muy sorprendida—. Pierrot, ¿de dónde has sacado esa idea? ¡Es lo último que se me ha pasado por la cabeza! Además, eres un niño listo, seguro que ves cómo está cambiando la actitud hacia los judíos... Cómo nos insultan, cuánto resentimiento parece sentir la gente hacia nosotros.

—Pero si yo fuera judío, encontraría la manera de tenerme con usted, sé que lo haría.

—Te equivocas, Pierrot. Lo único que he tenido en cuenta es tu seguridad y...

—¡Pasajeros al tren! —gritó a pleno pulmón el revisor—. ¡Última llamada! ¡Pasajeros al tren!

—Adiós, Anshel —dijo Pierrot, y, dándole la espalda a madame Bronstein, subió al vagón.

—¡Pierrot! —exclamó la madre de Anshel—. ¡Espera, por favor! Deja que te lo explique... ¡No lo has entendido bien!

Pero él no se dio la vuelta. Su etapa en París había llegado a su fin, ahora lo sabía. Cerró la puerta tras de sí, inspiró profundamente y emprendió el camino hacia su nueva vida.

· · ·

Al cabo de una hora y media, el revisor dio unas palmaditas en el hombro a Pierrot y señaló los campanarios de la catedral, que acababan de aparecer en la lejanía.

—Bueno, chico —dijo, y señaló el pedazo de papel que la señora Bronstein le había prendido en la solapa y en el que había escrito su nombre, «PIERROT FISCHER», y su destino, «ORLEANS», en grandes letras negras—, ésta es tu parada.

Pierrot tragó saliva, sacó su pequeña maleta de debajo el asiento y se dirigió hacia la puerta justo cuando el tren entraba en la estación. Cuando bajó al andén, esperó a que el vapor de la locomotora se disipara para comprobar si había alguien esperándolo. Por un instante sintió pánico al preguntarse qué haría si no aparecía nadie. ¿Quién cuidaría de él? Al fin y al cabo, sólo era un niño de siete años y no tenía dinero para comprar un billete de vuelta a París. ¿Qué comería? ¿Dónde dormiría? ¿Qué sería de él?

Justo en ese momento, notó una palmadita en el hombro, y cuando se volvió, un hombre con la cara colorada le arrancó la nota de la solapa y se la llevó a los ojos antes de arrugarla y tirarla.

—Te vienes conmigo —dijo, y echó a andar hacia un carro tirado por un caballo mientras Pierrot lo observaba, paralizado.

El hombre se volvió, lo miró fijamente y añadió:

—Venga. Mi tiempo es valioso, aunque el tuyo no lo sea.

—¿Quién es usted? —quiso saber Pierrot.

Se negaba a seguirlo, podrían estar reclutándolo como esclavo para algún granjero que necesitara una ayuda extra con la cosecha. Una de las historias que

Anshel había escrito empezaba así, y la cosa acababa muy mal para todos los implicados.

—¿Que quién soy? —dijo el hombre, riéndose ante la audacia del crío—. Soy el tipo que te va a moler a palos como no espabiles.

Pierrot abrió mucho los ojos. No llevaba más que un par de minutos en Orleans y ya lo amenazaban con pegarle. Negó con la cabeza y, con un gesto desafiante, se sentó sobre su maleta.

—Lo siento. Se supone que no debo ir a ningún sitio con extraños.

—No te preocupes, no seremos extraños mucho tiempo —contestó el hombre con una sonrisa que volvió su rostro un tanto más dulce.

Tenía unos cincuenta años y se parecía un poco a monsieur Abrahams, el del restaurante, excepto por el hecho de que llevaba días sin afeitarse y vestía prendas viejas y desaliñadas que no casaban muy bien.

—Tú eres Pierrot Fischer, ¿no? Eso decía al menos en tu solapa. Las hermanas Durand me han mandado a buscarte. Me llamo Houper. A menudo hago trabajitos para ellas. Y a veces vengo a recoger a los huérfanos a la estación. A los que viajan solos, quiero decir.

—Ah —dijo Pierrot, poniéndose en pie—. Pensaba que vendrían ellas mismas a buscarme.

—¿Y dejar la casa en manos de todos esos monstruitos? Qué va. Cuando volvieran, estaría en ruinas. —El hombre se acercó para coger la maleta de Pierrot, y su tono cambió—: Oye, no hay nada que temer. Es un buen sitio. Y son muy amables, esas dos. Bueno, qué te parece, ¿te vienes conmigo?

Pierrot miró a su alrededor. El tren ya se había ido y, desde donde estaba, no se veía más que campo en kilómetros a la redonda. Supo que no tenía elección.

—Vale —contestó.

Al cabo de menos de una hora, Pierrot se encontró sentado en un despacho pulcro y ordenado, con dos grandes ventanales que daban a un jardín bien cuidado. Las hermanas Durand lo miraban de arriba abajo, como si fuera algo que considerasen comprar en una feria.

—¿Qué edad tienes? —preguntó Simone sujetando unas gafas para examinarlo, que luego dejó caer para que le colgaran del cuello.

—Siete —contestó Pierrot.

—No puedes tener siete años, eres demasiado bajito.

—Siempre he sido bajito. Pero tengo previsto ser más alto algún día.

—No me digas —respondió Simone no muy convencida.

—Qué edad tan bonita, los siete años... —intervino Adèle dando una palmada y sonriendo—. Los niños siempre son muy felices a esa edad y se sienten maravillados ante el mundo que los rodea.

—Querida mía —la interrumpió Simone, posando una mano en el brazo de su hermana—. La madre del chico acaba de morir. Dudo que se sienta especialmente feliz.

—Ay, sí, claro —se apresuró a decir Adèle, que se puso seria de repente—. Aún debes de estar muy afectado. Es algo terrible perder así a un ser querido. Terrible. Mi hermana y yo lo sabemos muy bien. Sólo quería decir que los chicos de tu edad sois un encanto, en mi opinión. Hasta los trece o catorce no os volvéis desagradables. Aunque a ti no te pasará eso, estoy segura. Diría que tú serás uno de los buenos.

—Querida —repitió Simone en voz baja.

—Ay, perdón —contestó Adèle—. Ya estoy parloteando otra vez, ¿no? Bueno, dejadme decir una cosa. —Se aclaró la garganta como si estuviera a punto de dirigirse a una fábrica entera de obreros rebeldes—. Estamos muy contentas de tenerte aquí con nosotras, Pierrot. No me cabe la menor duda de que serás una baza fantástica que añadir a esta pequeña familia nuestra en el orfanato, como nos gusta considerarla. ¡Y madre mía, qué guapetón eres, además! Tienes unos ojos azules extraordinarios. Yo tuve un spaniel con unos ojos iguales que los tuyos. No es que pretenda compararte con un perro, por supuesto. Eso sería de lo más grosero. Sólo he querido decir que has hecho que me acordara de él, nada más. Simone, ¿no te recuerdan los ojos de Pierrot a los de *Casper*?

La hermana arqueó una ceja, miró al niño durante unos instantes y negó con la cabeza.

—No —respondió.

—¡Ay, pero sí, sí que se parecen! —declaró Adèle, tan entusiasmada que Pierrot empezó a preguntarse si pensaba que su perro muerto había vuelto a la vida reencarnado en él—. Y ahora, lo primero es lo primero. —Su expresión se volvió seria—. Las dos sentimos mucho lo que le ha ocurrido a tu querida madre. Tan joven, y un sostén tan fantástico para la familia, por lo que me han contado. Y después de todo lo que tuvo que sobrellevar... Es una crueldad terrible que alguien con tanta vida por delante te sea arrebatado cuando más lo necesitabas. Y yo diría que te quería muchísimo. ¿No estás de acuerdo, Simone? ¿No te parece que madame Fischer tuvo que querer mucho a Pierrot?

Simone alzó la vista de un cuaderno, en el que iba dejando constancia por escrito de detalles como la altura y el estado físico de Pierrot.

—Imagino que la mayoría de las madres quieren a sus hijos —replicó—. No creo que merezca la pena comentarlo.

—Y tu padre —continuó Adèle—. También falleció hace unos años, ¿no es así?

—Sí —contestó Pierrot.

—¿Y no tienes más familia?

—No. Bueno, mi padre tenía una hermana, creo, pero ni siquiera la conozco. Nunca vino a visitarnos. Es probable que ni sepa que existo o que mis padres han muerto. No tengo su dirección.

—¡Ay, qué lástima!

—¿Cuánto tiempo tendré que quedarme aquí? —quiso saber Pierrot.

El montón de imágenes y dibujos que había allí expuestos había llamado su atención. Se fijó en una fotografía que descansaba sobre el escritorio: un hombre y una mujer sentados en dos sillas muy separadas entre sí con una expresión tan seria que se preguntó si los habrían captado tras una dura discusión. Con sólo mirarlos supo que eran los padres de las dos hermanas. En el rincón opuesto del escritorio, otra fotografía mostraba a dos niñitas que cogían de la mano a un niño un poco más pequeño de pie entre ambas. En la pared había una tercera imagen, el retrato de un joven con un bigotito fino y un uniforme del ejército francés. La foto se había tomado de perfil, de modo que, desde donde colgaba, el joven parecía mirar por la ventana hacia los jardines, con una expresión bastante nostálgica en el rostro.

—A muchos de nuestros huérfanos los colocamos en buenas familias cuando no han pasado ni un par de meses de su llegada —dijo Adèle, que se sentó en el sofá e indicó con un gesto a Pierrot que se sentara a su lado—. Hay muchísimos hombres y mujeres maravillosos que querrían formar una familia y que no han tenido la suerte de poder engendrar hijos propios; otros simplemente desean acoger a un hermano o hermana más en su hogar, porque son generosos y caritativos. Nunca debes subestimar la bondad de la gente, Pierrot.

—Ni su crueldad —musitó Simone desde detrás del escritorio.

Pierrot la miró sorprendido, pero ella no alzó la vista.

—Hemos tenido unos cuantos niños que sólo pasaron con nosotros unos días o unas semanas —continuó Adèle, ignorando el comentario de su hermana—. Y algunos que estuvieron aquí un poco más, claro. Pero en una ocasión nos trajeron a un niñito de tu edad por la mañana y a la hora del almuerzo ya había vuelto a marcharse. Casi no tuvimos tiempo ni de conocerlo, ¿te acuerdas, Simone?

—No —respondió ésta.

—¿Cómo se llamaba?

—No me acuerdo.

—Bueno, da igual —concluyó Adèle—. Lo que importa es que no puede predecirse cuándo va uno a encontrar una familia. A ti podría pasarte algo así, Pierrot.

—Ya falta poco para las cinco —terció él—. El día casi se ha acabado.

—Sólo me refería a que...

—¿Y a cuántos no los adoptan nunca? —interrumpió él.

—¿Mmm? ¿Cómo dices?

—¿A cuántos no los adoptan nunca? —repitió él—. ¿Cuántos viven aquí hasta que son mayores?

—Ah —repuso Adèle, y su sonrisa se desvaneció un poco—. Bueno, es difícil dar una cifra exacta, la verdad. A veces pasa, por supuesto, pero dudo mucho que te ocurra a ti. ¡Si cualquier familia estaría encantada de tenerte! Pero no nos preocupemos por eso de momento. Sea como sea tu estancia aquí, corta o larga, trataremos de hacerla lo más agradable posible. Ahora lo importante es que te instales, conozcas a tus nuevos amigos y empieces a sentirte como en casa. Es posible que hayas oído cosas malas sobre lo que pasa en los orfanatos, Pierrot, porque hay un montón de gente horrorosa que anda contando barbaridades por ahí, y encima aquel inglés tan horrible, el señor Dickens, nos hizo tener muy mala fama con sus novelas, pero ten por seguro que en nuestro establecimiento no ocurre nada malo. Dirigimos un hogar donde todos nuestros niños son felices, y si en algún momento te sientes asustado o solo, simplemente tienes que venir en busca de Simone o de mí, y estaremos encantadas de ayudarte. ¿A que sí, Simone?

—Adèle suele ser fácil de encontrar. —Fue la respuesta de su hermana mayor.

—¿Dónde dormiré? —preguntó Pierrot—. ¿Tendré una habitación para mí solo?

—Oh, no —respondió Adèle—. Ni siquiera Simone y yo tenemos cuartos individuales. Esto no es el palacio de Versalles, ¿sabes? No, aquí dormimos en habitaciones comunitarias, distintas para niños y niñas, por supuesto, así que no hace falta que te preocupes por eso. En cada una hay diez camas, aunque la que que te toca está bastante tranquila en este momento: tú serás el séptimo en ocuparla. Puedes elegir la cama vacía que quieras. Lo único que te pedimos es que cuando escojas una te quedes con ella. Así, el día de la colada es todo más fácil. Te darás un baño todos los miércoles por la noche. —Se detuvo y se inclinó para olisquear el aire—. Aunque lo mejor sería que te dieras uno hoy mismo, para quitarte el polvo de París y la suciedad del tren. Apestas un poco, querido. Nos levantamos a las seis y media, y luego vienen el desayuno, las clases, el almuerzo, unas cuantas clases más, y entonces los juegos, la cena y a la cama. Te va a encantar este sitio, Pierrot, estoy convencida de que así será. Y haremos cuanto podamos por encontrar una familia estupenda para ti. Eso es lo más curioso de este trabajo nuestro, ¿sabes? Nos alegra mucho verte llegar, pero aún nos alegra más verte marchar. ¿A que sí, Simone?

—Sí —confirmó ésta.

Adèle se levantó e invitó a Pierrot a seguirla para enseñarle el orfanato, pero al dirigirse hacia la puerta, el niño advirtió algo que brillaba en el interior de una pequeña vitrina y se acercó a echar un vistazo. Apoyó la cara contra el cristal y observó con ojos entornados un disco de bronce con una figura en el centro. El objeto estaba colgado de una cinta de tela a rayas rojas y blancas, y, sujeta al tejido, una plaquita también de bronce llevaba inscritas las palabras «ENGAGÉ VOLONTAIRE». En la base de la vitrina había una vela pequeña y otra fotografía, más reducida, del mismo joven del bigotito fino, sonriente y despidiéndose con la mano desde un tren que salía de una estación. Reconoció el andén al instante, pues era el mismo al que él había bajado del tren de París unas horas antes.

—¿Qué es eso? —preguntó señalando la medalla—. ¿Y ése quién es?

—No es cosa tuya —espetó Simone, poniéndose en pie. Cuando Pierrot se dio la vuelta, se puso un poco nervioso al ver la expresión en su rostro—. No lo toques ni preguntes sobre ello. Nunca. Adèle, llévalo a su habitación. ¡Ahora mismo, por favor!

3

Una carta de un amigo
y otra de una extraña

Las cosas no acababan de ser tan maravillosas en el orfanato como había sugerido Adèle Durand. Las camas eran duras, y las sábanas, finas. Cuando había comida en abundancia solía ser muy sosa, aunque sí estaba buena cuando era escasa.

Pierrot se esforzaba mucho en hacer amigos, aunque no resultaba fácil porque los demás niños se conocían muy bien y se mostraban recelosos a la hora de admitir a recién llegados en sus grupos. Unos cuantos eran aficionados a la lectura, pero no querían que Pierrot participara en sus conversaciones porque no había leído los mismos libros que ellos. Otros se habían pasado meses levantando un pueblo en miniatura con madera que habían recogido en un bosque cercano, pero negaron con la cabeza cuando Pierrot se acercó, argumentando que, como no era capaz de distinguir un bisel de un guillame, no podían dejar que destrozara algo en lo que habían trabajado tan duro. El grupo de chicos que jugaban al fútbol cada tarde en el jardín, y que se hacían llamar como sus jugadores favoritos de la selección nacional francesa —Courtois, Mattler, Delfour—, sí permitieron que Pierrot se uniese a ellos una vez, como portero, pero, después de que su equipo perdiera once a cero, dijeron que no medía lo suficiente para rechazar los tiros altos y que todas las demás posiciones en los otros equipos estaban ocupadas.

—Lo sentimos, Pierrot —le dijo uno de ellos, aunque no parecían sentirlo en absoluto.

La única persona que parecía aceptarlo era una niña un par de años mayor que él. Se llamaba Josette y había ido a parar al orfanato tres años antes, cuando sus padres habían muerto en un accidente de tren cerca de Toulouse. La habían adoptado ya dos veces, pero en ambas ocasiones la habían devuelto como un paquete no deseado, arguyendo que la consideraban «demasiado perjudicial» para sus hogares.

—La primera pareja era horrorosa —le contó a Pierrot una mañana, cuando estaban sentados bajo un árbol hundiendo los dedos de los pies en la hierba empapada de rocío—. Se negaron a llamarme Josette. Dijeron que siempre habían deseado tener una hija con el nombre de Marie-Louise. La segunda sólo quería una sirvienta gratis. Me hacían fregar suelos y lavar platos día y noche, como a Cenicienta. Así que armé todo el alboroto que pude, hasta que me devolvieron al orfanato. Al menos Simone y Adèle me caen bien —añadió—. Es posible que algún día permita que me adopten, pero aún no. Aquí estoy contenta.

El peor huérfano de todos era un chico llamado Hugo, que llevaba allí toda su vida. Tenía once años. Lo consideraban el más importante, pero también el más amenazador de todos los niños al cuidado de las hermanas Durand. Llevaba el pelo largo hasta los hombros y dormía en la misma habitación que Pierrot. A su llegada, éste cometió el error de elegir la cama libre que había junto a la de Hugo: roncaba tan fuerte que a veces tenía que enterrarse bajo las sábanas para amortiguar el ruido. Incluso llegó a ponerse trocitos de periódico en las orejas por las noches, por si eso lo ayudaba. Simone y Adèle nunca proponían a Hugo para la adopción, y cuando llegaba alguna pareja a conocer a los niños, él siempre se quedaba en el dormitorio: nunca se lavaba la cara; nunca se ponía una camisa limpia y nunca sonreía a los adultos, a diferencia de lo que hacían los demás huérfanos.

Hugo pasaba la mayor parte del tiempo recorriendo los pasillos en busca de alguien a quien atormentar, y Pierrot, tan bajito y flacucho, se convirtió enseguida en el blanco más fácil.

El acoso adoptaba formas distintas, ninguna de ellas especialmente imaginativa. Unas veces, Hugo esperaba a que Pierrot estuviera dormido para meterle la mano izquierda en un cuenco de agua caliente y provocar que el pequeño hiciera algo que en general había dejado de hacer cuando tenía tres años. Otras, agarraba el respaldo de la silla de Pierrot cuando éste iba a sentarse en clase y lo obligaba a quedarse de pie hasta que la maestra lo regañaba. En ocasiones, le escondía la toalla mientras se duchaba, de modo que Pierrot tenía que correr con la cara muy colorada de vuelta al dormitorio, donde los demás chicos se reían de él y lo señalaban. Y a veces recurría a métodos más tradicionales y fiables: se limitaba a esperarlo a la vuelta de una esquina y, cuando aparecía, le saltaba encima y empezaba a tirarle del pelo y a darle puñetazos en el estómago, hasta dejarlo con la ropa desgarrada y lleno de moretones.

—¿Quién te está haciendo esto? —preguntó Adèle una tarde, cuando lo encontró sentado a solas en la orilla del lago examinándose un corte en el brazo—. Si hay algo que no tolero, Pierrot, es el acoso.

—No puedo decírselo —contestó Pierrot, incapaz de levantar la mirada de la orilla. No le gustaba la idea de ser un chivato.

—Pero debes hacerlo —insistió Adèle—. Si no, no podré ayudarte. ¿Es Laurent? Se ha metido antes en esta clase de líos.

—No, no es Laurent —respondió Pierrot, negando con la cabeza.

—¿Sylvestre, entonces? Ese chico siempre anda tramando algo.

—No. Tampoco es Sylvestre.

Adèle miró a lo lejos y exhaló un profundo suspiro.

—Ha sido Hugo, ¿verdad? —dijo tras un largo silencio, y algo en su tono le reveló que lo había sabido desde el principio, pero que tenía la esperanza de equivocarse.

Pierrot no contestó. Se limitó a dar pataditas a unos guijarros con la puntera del zapato derecho y a observar cómo rodaban por la orilla y desaparecían bajo la superficie del agua.

—¿Puedo volver al dormitorio? —preguntó al fin.

Adèle asintió con un gesto, y cuando Pierrot echó a andar por del jardín, éste supo que ella lo seguiría con la mirada hasta que desapareciera de su vista.

. . .

Al día siguiente, por la tarde, Pierrot y Josette daban un paseo por la finca en busca de una familia de ranas que habían encontrado unas semanas atrás. Él iba contándole que aquella mañana había recibido una carta de Anshel.

—¿De qué habláis en vuestras cartas? —quiso saber Josette, bastante intrigada ante la idea, pues ella nunca recibía correo.

—Bueno, él cuida de mi perro, *D'Artagnan* —contestó Pierrot—, así que me lo cuenta todo sobre él. Y también me explica qué pasa en el barrio donde crecí. Por lo visto, hubo unos disturbios allí cerca, aunque eso sí me alegro de habérmelo perdido.

Josette se había enterado de esos disturbios una semana antes, por un artículo en el que se declaraba que todos los judíos deberían ser guillotinados. Lo cierto era que cada vez más periódicos publicaban artículos en los que se condenaba a los judíos y se expresaba el deseo de que se fueran, y ella los leía todos con mucha atención.

—También me envía sus historias —continuó Pierrot—, porque quiere ser...

Pero antes de que pudiera acabar la frase, Hugo y sus dos compinches, Gérard y Marc, surgieron armados con palos de detrás de unos árboles.

—Vaya, mirad a quiénes tenemos aquí —dijo Hugo sonriendo de oreja a oreja, y pasándose el dorso de la mano por debajo de la nariz para quitarse algo larguirucho y asqueroso—. Nada menos que a la feliz pareja, monsieur y madame Fischer.

—Vete por ahí, Hugo —contestó Josette.

La niña intentó pasar de largo, pero él se lo impidió plantándose delante de un salto y negando con la cabeza, al tiempo que sostenía los dos palos formando una «x» ante sí.

—Éstas son mis tierras —declaró—. Quien entre en ellas debe pagar una multa.

Josette resopló, como si no pudiera creer que los chicos llegaran a ser tan pesados, y se cruzó de brazos para mirarlo a los ojos, negándose a ceder terreno. Pierrot se quedó rezagado, arrepintiéndose de haberse aventurado hasta allí.

—Vale, muy bien —dijo Josette—. ¿De cuánto es la multa?

—Cinco francos —contestó Hugo.

—Pues te los debo.

—Entonces tendré que cobrarte intereses. Un franco más por cada día que pase sin que pagues.

—Me parece bien —terció Josette—. Cuando llegue a un millón, házmelo saber y me pondré en contacto con mi banco para que transfiera el dinero a tu cuenta.

—Te crees muy lista, ¿verdad? —dijo Hugo poniendo los ojos en blanco.

—Más lista que tú, seguro.

—No me digas.

—Sí que lo es —intervino Pierrot.

Tenía la sensación de que debía decir algo, o quedaría como un cobarde.

Hugo se volvió hacia él con una sonrisita.

—Conque defendiendo a tu novia, ¿no es eso, Fischer? Estás loco por ella, ¿a que sí?

Se puso a soltar besos al aire y luego se dio la vuelta, abrazó su propio cuerpo y empezó a subir y bajar las manos por los costados, acariciándose.

—¿Tienes idea de lo ridículo que pareces? —soltó Josette.

Pierrot no pudo evitar reírse, aunque sabía que no era buena idea provocar a Hugo, cuya cara estaba aún más roja que de costumbre cuando se volvió.

—No te hagas la listilla conmigo.

Hugo alargó la mano y hundió la punta de uno de sus palos en el hombro de Josette.

—No olvides quién está al mando en este sitio.

—¡Ja! —exclamó la niña—. ¿Acaso crees que aquí mandas tú? Como si alguien fuera a permitir que un sucio judío estuviera al mando de nada.

Hugo puso cara larga. Frunció el ceño, confuso y decepcionado a un tiempo.

—¿Por qué dices eso? —preguntó—. Sólo estaba jugando.

—Tú nunca juegas, Hugo —contestó ella, apartando el palo con un ademán—. Pero no puedes evitarlo, ¿verdad? Eres así por naturaleza. ¿Qué otra cosa puede esperarse de un cerdo aparte de soltar gruñidos?

Pierrot estaba sorprendido. Así que Hugo también era judío... Quiso reírse de lo que había dicho Josette, pero recordó algunas de las cosas que los niños de su clase le habían dicho a Anshel, y lo mucho que disgustaban a su amigo.

—Sabes por qué Hugo lleva el pelo tan largo, ¿no, Pierrot? —siguió diciendo Josette, volviéndose hacia él—. Porque debajo tiene cuernos, y si se lo corta, todos se los veremos.

—Basta —ordenó Hugo, aunque su tono no fue tan audaz esta vez.

—Apuesto a que, si le bajas los pantalones, también tendrá cola.

—¡Basta! —repitió Hugo, más alto.

—Pierrot, tú duermes en la misma habitación que él. ¿No le has visto la cola cuando se cambia para irse a la cama?

—Sí, la tiene larga y con escamas —contestó Pierrot, sintiéndose valiente ahora que Josette llevaba las riendas de la conversación—. Como la de un dragón.

—No deberías compartir habitación con él —continuó ella—. Más vale no mezclarse con esa clase de gente. En el orfanato hay unos cuantos. Deberían ponerlos en un dormitorio aparte. O echarlos.

—¡Cállate de una vez! —bramó Hugo, arremetiendo contra Josette.

La niña se apartó de un salto, al mismo tiempo que Pierrot daba un paso adelante para quedar entre ambos. El puño que blandía Hugo lo alcanzó de lleno en la nariz. Se oyó un desagradable crujido, y Pierrot cayó al suelo. La sangre empezó a manar hasta su labio superior. Josette gritó, Pierrot soltó un «¡Ay!» y Hugo se quedó boquiabierto. Un instante después se internó en el bosque y desapareció, con Gérard y Marc corriendo tras él.

Pierrot notaba una sensación muy rara en la cara. No era del todo desagradable, como si estuviera a punto de soltar un estornudo monumental. Pero empezaba a sentir un dolor palpitante detrás de los ojos y tenía la boca muy seca. Alzó la vista hacia Josette, que se había llevado las manos a las mejillas de pura impresión.

—Estoy bien —dijo poniéndose en pie, aunque notó las piernas muy débiles—. Sólo es un arañazo.

—No, no lo es —respondió Josette—. Tenemos que ir ahora mismo con las hermanas.

—Estoy bien —insistió Pierrot, llevándose una mano a la cara para asegurarse de que todo siguiera donde debía.

Sin embargo, cuando volvió a bajar la mano, vio que tenía los dedos llenos de sangre. Los miró fijamente, con los ojos muy abiertos, y recordó el momento en que su madre había apartado el pañuelo de su boca, en aquella cena de cumpleaños. También estaba manchado de sangre.

—Ay, esto no es nada bueno —dijo.

Y el bosque entero empezó a dar vueltas, notó las piernas aún más débiles y cayó redondo al suelo, desmayado.

Cuando recuperó el conocimiento, lo sorprendió encontrarse tendido en el sofá del despacho de las hermanas Durand. De pie junto al lavamanos, Simone enjuagaba bajo el grifo una toallita, que luego escurrió. Al darse la vuelta, se detuvo tan sólo para enderezar una fotografía en la pared y luego se dirigió hasta Pierrot y le puso la toalla sobre el puente de la nariz.

—Conque ya estás despierto...

—¿Qué ha pasado? —preguntó él, incorporándose sobre los codos.

Le dolía la cabeza, aún tenía la boca seca y notaba una desagradable quemazón sobre la nariz, justo donde Hugo le había dado el puñetazo.

—No está rota —contestó Simone, sentándose a su lado—. Al principio me ha parecido que lo estaba, pero no. Aunque es posible que te duela durante unos días y que el ojo se te ponga morado cuando baje la hinchazón. Si eres aprensivo, más vale que pases un tiempo sin mirarte al espejo.

Pierrot tragó saliva y pidió un vaso de agua. Era la primera vez, en los meses transcurridos desde su llegada al orfanato, que Simone Durand le dirigía tantas palabras seguidas. Normalmente, apenas decía nada.

—Hablaré con Hugo —dijo entonces—. Para que te pida perdón. Y me aseguraré de que nunca vuelva a pasarte nada parecido.

—No ha sido Hugo —contestó Pierrot con un tono muy poco convincente. Pese al dolor, seguía sin gustarle la idea de meter a otro en líos.

—Sí, ha sido él —terció Simone—. Lo sé porque, para empezar, Josette me lo ha contado, aunque de todas formas lo habría sospechado.

—¿Por qué no le caigo bien? —preguntó el niño en voz baja y alzando la mirada hacia ella.

—No es culpa tuya —respondió la mayor de las Durand—, sino nuestra. De Adèle y mía. Cometimos errores con él. Muchos errores.

—Pero lo cuidan —dijo Pierrot—. Cuidan de todos nosotros. Y no somos miembros de su familia. Hugo debería sentirse agradecido.

Simone tamborileó con los dedos en el costado de la silla, como si sopesara la importancia de revelar un secreto.

—De hecho, él sí es miembro de nuestra familia. Es nuestro sobrino.

54

La sorpresa hizo que Pierrot abriera mucho los ojos.

—Ah. No lo sabía. Pensaba que era un huérfano, como el resto de nosotros.

—Su padre murió hace cinco años —explicó ella—. Y su madre... —Negó con la cabeza y se enjugó una lágrima—. Bueno, mis padres la trataron bastante mal. Tenían ciertas ideas absurdas y anticuadas sobre la gente. Al final consiguieron que se fuera. Pero el padre de Hugo era nuestro hermano, Jacques.

Pierrot miró hacia la fotografía de las dos niñas con el pequeño entre ellas, cogiéndoles la mano, y luego el retrato del joven del bigotito y con uniforme del ejército francés.

—¿Qué le pasó? —quiso saber.

—Murió en la cárcel. Estaba allí desde unos meses antes de que Hugo naciera. Ni siquiera llegó a conocerlo.

Pierrot le dio vueltas a aquello. Nunca había conocido a nadie que hubiera estado en la cárcel. Recordaba haber leído sobre Felipe, el hermano del rey Luis XIV, en *El hombre de la máscara de hierro*, a quien habían encarcelado con falsos pretextos en La Bastilla. Sólo pensar en un destino semejante le había producido pesadillas.

—¿Por qué estaba en la cárcel? —preguntó.

—Nuestro hermano, al igual que tu padre, luchó en la Gran Guerra —explicó Simone—. Y aunque algunos hombres fueron capaces de retomar sus vidas tras acabar la contienda, otros, la gran mayoría, según tengo entendido, no pudieron hacer frente a los recuerdos de lo que habían visto y lo que habían hecho.

Por supuesto, hubo una serie de médicos que hicieron cuanto pudieron por conseguir que el mundo entendiera los traumas producidos por lo que pasó hace veinte años. No hay más que pensar en el trabajo del doctor Jules Persoinne, aquí, en Francia, o del doctor Alfie Summerfield en Inglaterra, que han dedicado sus vidas a ilustrar a la opinión pública señalando los padecimientos de la generación anterior, insistiendo en que tenemos la responsabilidad de ayudarlos.

—A mi padre le pasaba eso —admitió Pierrot—. Madre siempre decía que, aunque no hubiera muerto en la Gran Guerra, la guerra lo había matado.

—Sí —contestó Simone, asintiendo con la cabeza—. Entiendo lo que quería decir. A Jacques le ocurría lo mismo. Era un muchacho maravilloso, tan lleno de vida y tan divertido... La personificación de la bondad. Aunque después, cuando volvió a casa... Bueno, era muy distinto. Hizo algunas cosas terribles. Pero había servido a su país con honor. —Se levantó, fue hasta la vitrina, abrió el pequeño pasador en la parte delantera y sacó la medalla en la que se había fijado Pierrot el día de su llegada. Se la tendió—: ¿Te gustaría verla bien?

El niño asintió, la cogió con cuidado con ambas manos y acarició con los dedos la figura que llevaba grabada en el centro.

—Se la concedieron por su valentía —dijo Simone, que la recuperó y la volvió a meter en la vitrina—. Es cuanto nos queda ahora de él. Durante la década que siguió, entró y salió de la cárcel muchas veces. Adèle y yo lo visitábamos a menudo, aunque detestábamos hacerlo. Verlo allí, en condiciones tan terribles, tan maltratado por un país por el que había sacrificado su cordura... Fue una tragedia, y no es algo que nos sucediera sólo a nosotras, sino a muchísimas familias. La tuya incluida, Pierrot, ¿no es así?

Él asintió con un gesto, pero no dijo nada.

—Jacques murió en prisión, y desde entonces hemos cuidado de Hugo. Hace unos años, le contamos cómo se habían portado nuestros padres con su madre y también cómo había tratado nuestro país a su padre. Quizá era demasiado pequeño, quizá deberíamos haber esperado a que fuera más maduro. La rabia bulle en su interior y por desgracia se manifiesta en la forma en que trata a los demás huérfanos. Pero no debes ser demasiado duro con él, Pierrot. Tal vez se meta contigo más que con nadie porque es contigo con quien más tiene en común.

Pierrot consideró lo que le decía Simone, y trató de sentir compasión por Hugo, pero no le fue fácil. Al fin y al cabo, los padres de ambos habían pasado por experiencias similares, como había señalado la mayor de las Durand, pero él no iba por ahí amargándoles la vida a los demás.

—Al menos tuvo un final —contestó unos instantes después—. La guerra, quiero decir. Y no habrá otra, ¿verdad?

—Espero que no —respondió Simone.

Justo entonces, la puerta del despacho se abrió y entró Adèle blandiendo una carta en la mano.

—¡Así que estabais aquí! —exclamó, mirándolos a los dos—. Os estaba buscando. —Se inclinó para examinar las magulladuras en la cara de Pierrot, y añadió—: ¿Qué demonios te ha pasado?

—Me he metido en una pelea —contestó él.

—¿Has ganado?

—No.

—Ah. Qué mala suerte. Pero creo que esto va a animarte. Han llegado buenas noticias para ti. Vas a dejarnos muy pronto.

Sorprendido, Pierrot miró primero a una hermana, luego a la otra.

—¿Hay una familia que quiere adoptarme?

—Pero no cualquier familia —respondió Adèle—, sino la tuya. Tu propia familia, quiero decir.

—Adèle, ¿quieres hacer el favor de explicarnos qué está pasando? —pidió Simone, que tendió una mano para coger el sobre que blandía su hermana y recorrerlo con la mirada—. ¿Austria? —añadió con sorpresa cuando se fijó en el matasellos.

—Es de tu tía Beatrix —dijo Adèle mirando a Pierrot.

—Pero ¡si ni siquiera la conozco!

—Bueno, pues ella parece saberlo todo sobre ti. Puedes leerla. Hace poco se enteró de lo que le ocurrió a tu madre. Quiere que vayas a vivir con ella.

4

Tres trayectos en tren

Antes de despedirlo en Orleans, Adèle le tendió a Pierrot una bolsa de papel con sándwiches y le dijo que se los comiera sólo cuando tuviera mucha hambre, pues tenían que alcanzarle para todo el viaje, que duraría más de diez horas.

—A ver, te he prendido los nombres de las tres paradas en la solapa —añadió mientras se aseguraba con mucho aspaviento de que cada pedacito estuviese bien sujeto al abrigo del crío—. Cada vez que llegues a una estación cuyo nombre coincida con uno de estos tres, asegúrate de bajar y subirte al tren siguiente.

—Toma —dijo Simone, antes de hurgar en su bolso para tenderle un regalo pulcramente envuelto en papel marrón—. Nos ha parecido que esto te ayudaría a matar el tiempo. Te recordará los meses que has pasado con nosotras.

Pierrot las besó a ambas en la mejilla, les dio las gracias por todo lo que habían hecho por él y subió al tren. Se decidió por un compartimiento en el que ya iban sentados una mujer y un niño. Cuando tomó asiento, la señora lo miró con irritación, como si ella y el niño hubiesen tenido la esperanza de disponer de aquel compartimiento entero para ellos solos, pero no dijo nada y volvió a su periódico mientras el crío cogía una bolsa de caramelos del asiento de al lado y se los metía en el bolsillo. Pierrot se sentó junto a la ventana cuando el tren salía ya de la estación, y saludó con la mano a Simone y Adèle antes de bajar la vista hacia la primera nota prendida en su solapa. La leyó despacio para sí: «Mannheim.»

La noche anterior se había despedido de sus amigos, y Josette pareció la única que lamentaba su marcha.

—¿Seguro que no has encontrado una familia que te adopte? —preguntó—. No estarás intentando que los demás nos sintamos mejor, ¿no?

—No —contestó Pierrot—. Puedo enseñarte la carta de mi tía, si quieres.

—Vale, y ¿cómo te siguió la pista?

—Por lo visto, la madre de Anshel andaba poniendo orden en las cosas de mi madre y encontró la dirección de la tía Beatrix. Le escribió para contarle lo ocurrido y darle los datos del orfanato.

—¿Y ahora quiere que vayas a vivir con ella?

—Sí —respondió Pierrot.

Josette negó con la cabeza.

—¿Está casada?

—No lo creo.

—¿Y qué hace? ¿Cómo se gana la vida?

—Es ama de llaves.

—¿Ama de llaves? —repitió Josette, asombrada.

—Sí. ¿Qué tiene de malo?

—No tiene nada de malo per se, Pierrot —respondió ella, que había leído esa última expresión en un libro y decidió usarla en cuanto tuviera oportunidad—. Es un poco burgués, desde luego, pero ¿qué se le va a hacer? ¿Y qué hay de la familia para la que trabaja? ¿Qué clase de personas son?

—No es una familia —explicó Pierrot—. Es un solo hombre. Y dijo que por él no había problema, siempre y cuando no ande haciendo ruido. Según mi tía, no va por allí muy a menudo.

—Bueno —dijo Josette fingiendo indiferencia, aunque deseaba secretamente poder irse con él—, supongo que siempre puedes volver, si la cosa no funciona.

Ahora, mientras veía pasar a toda velocidad el paisaje, Pierrot pensó en esa conversación y se sintió un poco incómodo. Desde luego, parecía extraño que su tía no se hubiera puesto en contacto con ellos en todos esos años —al fin y al cabo, durante ese tiempo se había perdido siete cumpleaños y Navidades— pero, claro, era posible que no se llevara bien con su madre, en especial después de todo lo que había ocurrido entre el padre de Pierrot y su hermana. Sin embargo, por el momento trató de no pensar mucho en ello y cerró los ojos para echar una cabezadita. Sólo los abrió cuando un hombre mayor entró en el compartimiento para ocupar el cuarto y último asiento. Pierrot se incorporó en el suyo, se desperezó y bostezó, y observó al recién llegado. Vestía un largo abrigo negro, pantalones también negros y camisa blanca, y llevaba largos tirabuzones oscuros a ambos lados de la cabeza. Era obvio que tenía alguna dificultad para andar, además, pues utilizaba un bastón.

—Ay, esto sí que es demasiado —soltó la señora de enfrente, cerrando el periódico y negando con la cabeza. Hablaba en alemán, y algo se reajustó en la mente de Pierrot para recordar la lengua que había hablado siempre con su padre—. ¿De verdad no puede encontrar otro compartimiento en el que sentarse?

El hombre hizo un gesto de negación.

—El tren va lleno, señora —contestó educadamente—. Y aquí hay un asiento vacío.

—Pues no, lo siento —espetó ella—, esto no puede ser.

Dicho lo cual, se levantó, salió del compartimiento y se alejó con paso firme pasillo abajo mientras Pierrot miraba alrededor, sorprendido y preguntándose cómo podía poner pegas a que alguien se sentara con ellos cuando había un sitio disponible. El hombre miró a través de la ventanilla unos instantes y exhaló un profundo suspiro, pero no dejó su maleta en el portaequipajes que había sobre ellos pese a que ocupaba un montón de espacio.

—¿Quiere que lo ayude con eso? —se ofreció Pierrot—. Puedo subirla yo, si quiere.

El hombre sonrió y negó con la cabeza.

—Creo que perderías el tiempo —respondió—. Pero es muy amable por tu parte.

La mujer volvió entonces con el revisor, quien miró hacia el interior del compartimiento y señaló al anciano.

—Venga, tú. Fuera de aquí. Puedes ir de pie en el pasillo.

—Pero este asiento está libre —dijo Pierrot, suponiendo que el revisor pensaba que él viajaba con su madre o su padre y que el viejo había ocupado su sitio—. Yo voy solo.

—Fuera. Ahora mismo —insistió el revisor, ignorándolo—. Levántate, viejo, o vas a meterte en problemas.

El hombre no dijo nada y se puso en pie, plantó el bastón en el suelo mientras alzaba con cautela la maleta y, con gran dignidad, se dirigió hacia la puerta y salió.

—Lo siento, señora —dijo el revisor volviéndose hacia la mujer cuando el anciano se hubo ido.

—Tendrían que andarse con más ojo con ellos —espetó ella—. Mi hijo viaja conmigo. No debería verse expuesto a esa clase de gente.

—Lo siento —repitió el revisor.

La señora soltó un bufido de indignación, como si el mundo entero conspirase para frustrar sus planes.

Pierrot tuvo ganas de preguntarle por qué había echado a aquel anciano del compartimiento, pero la presencia de la mujer lo atemorizaba y pensó que si decía algo más igual tendría que irse él también, de modo que se volvió para mirar por la ventana y poco después cerró los ojos de nuevo y se quedó dormido.

Cuando despertó, vio que se abría la puerta del compartimiento y que la señora y el niño bajaban las maletas del portaequipajes.

—¿Dónde estamos? —preguntó.

—En Alemania —contestó ella, sonriendo por primera vez—. ¡Por fin estamos lejos de todos esos horribles franceses! —Le mostró un letrero en el que se leía «MANNHEIM», como en su solapa, y señaló con la cabeza su abrigo—. Creo que te bajas aquí.

Pierrot se levantó de un salto, recogió sus cosas y bajó al andén.

Plantado en el centro del vestíbulo de la estación, Pierrot se sentía muy inquieto y solo. Adondequiera que mirase, veía hombres y mujeres que iban con prisas de aquí para allá y lo pasaban de largo, desesperados por llegar adonde fuera que se dirigieran. Y soldados. Montones de soldados.

Lo primero que advirtió, sin embargo, fue que el idioma había cambiado. Estaban al otro lado de la frontera y la gente hablaba ahora en alemán y no en francés. Escuchaba con atención, tratando de entender lo que se decían unos a otros, y se alegraba de que su padre hubiera insistido en que aprendiera esa lengua desde pequeño. Se arrancó la etiqueta de «Mannheim» de la solapa, la tiró a la papelera más cercana y bajó la vista para leer qué ponía en la siguiente: «Múnich.»

Un enorme reloj pendía sobre el tablón de llegadas y salidas; echó a correr hacia él, chocó con alguien que caminaba en dirección contraria y cayó al suelo boca arriba. Cuando levantó la mirada, vio que se trataba de un hombre que llevaba un uniforme gris piedra, un cinturón ancho y negro, botas altas hasta la rodilla, también negras, y una enseña en la manga izquierda con la figura de un águila con las alas extendidas, sobre una cruz parecida a una hélice.

—Perdón —dijo sin aliento y mirándolo con una mezcla de miedo y respeto.

El hombre bajó la vista hacia él y, en lugar de ayudarlo a levantarse, esbozó una mueca de desprecio y alzó levemente la puntera de una bota para pisarle los dedos.

—¡Me hace daño! —exclamó Pierrot cuando el hombre presionó más y sintió que los dedos empezaban a palpitarle.

Nunca había visto a nadie que disfrutara tanto causando dolor, y aunque la gente que pasaba veía lo que estaba ocurriendo, nadie se detuvo a ayudarlo.

—Ah, estás aquí, Ralf —dijo entonces una mujer que se acercaba con un niñito en brazos, seguida por una niña de unos cinco años—. Lo siento, pero Bruno quería ver los trenes de vapor y casi nos olvidamos de ti. Vaya, ¿qué pasa aquí?

El hombre sonrió, levantó la bota y tendió una mano para ayudar a Pierrot a levantarse.

—Un crío que corría sin mirar por dónde iba —respondió, encogiéndose de hombros—. Casi me hace caer.

—Qué ropa tan vieja lleva... —dijo la niña, que miraba de arriba abajo a Pierrot con cara de desagrado.

—¡Gretel, qué te he dicho sobre hacer comentarios de esa clase! —la regañó su madre con el ceño fruncido.

—Huele mal, además...

—¡Gretel!

—¿Nos vamos ya? —intervino el hombre, consultando su reloj.

Su mujer asintió con la cabeza.

Echaron a andar a buen paso, y Pierrot observó cómo se alejaban sus espaldas mientras se masajeaba los dedos. En ese momento, el niñito se volvió en los

65

brazos de su madre y le dijo adiós con la mano. Sus miradas se encontraron. Pese al dolor en los nudillos, Pierrot no pudo evitar sonreír y devolverle el saludo. Cuando desaparecieron entre la multitud, se oyeron silbatos por toda la estación, y comprendió que debía encontrar cuanto antes el tren al que se tenía que subir si no quería acabar varado en Mannheim.

Según el tablón, el tren a Múnich saldría en breve del andén número tres. Corrió hasta él y subió a bordo justo cuando el revisor empezaba a cerrar las puertas. Sabía que esa parte del viaje le llevaría tres horas, y para entonces toda la emoción de ir en tren se había esfumado.

El tren se estremeció y salió de la estación envuelto en una nube de vapor y ruido. Desde la plataforma, Pierrot vio a una mujer con un pañuelo en la cabeza que arrastraba una maleta y que corría hacia él mientras gritaba al maquinista que esperase. Tres soldados que formaban un grupito en el andén empezaron a reírse de ella, la mujer dejó la maleta en el suelo y se puso a discutir con ellos. Pierrot se quedó de una pieza cuando uno de los soldados la agarró del brazo y se lo retorció tras la espalda. Apenas le dio tiempo a ver cómo la expresión de la mujer cambiaba de la ira al dolor, porque una mano le dio una palmada en el hombro y él se volvió en redondo.

—¿Qué haces aquí fuera? —quiso saber el revisor—. ¿Tienes billete?

Pierrot hurgó en el bolsillo y sacó todos los documentos que le habían dado las hermanas Durand antes de salir del orfanato. El hombre los revisó de malos modos, y Pierrot observó los dedos manchados de tinta que reseguían las líneas mientras musitaba cada palabra por lo bajo. Aquel tipo apestaba a cigarro, y entre el mal olor y el movimiento del tren, el estómago se le revolvió un poco.

—Vale, muy bien —dijo por fin el revisor, que volvió a meterle los billetes en el bolsillo del abrigo y observó los nombres que llevaba en la solapa—. Viajas solo, ¿no?

—Sí, señor.

—¿No tienes padres?

—No, señor.

—Bueno, pues no puedes quedarte aquí fuera mientras el tren está en movimiento. Es peligroso. Podrías caerte y acabar hecho picadillo bajo las ruedas. Ha pasado ya alguna vez, no creas. Un crío de tu tamaño no tendría la más mínima posibilidad.

Para Pierrot, aquellas palabras fueron como un cuchillo que le atravesara el corazón, pues así, al fin y al cabo, había muerto su padre.

—Ven conmigo —dijo el hombre finalmente.

Lo agarró con brusquedad del hombro y lo hizo pasar a rastras ante una hilera de compartimientos mientras Pierrot cargaba con la maleta y los sándwiches.

—Lleno —musitó asomándose a uno, y continuó deprisa, para declarar poco después—: Lleno. Lleno. Y lleno. —Bajó la vista hacia Pierrot—. Es posible que no tengas donde sentarte. El tren va hasta arriba hoy, así que igual no encuentras sitio. Pero tampoco puedes ir de pie todo el trayecto hasta Múnich. Son medidas de seguridad.

Pierrot no dijo nada. No sabía qué significaba eso. Si no podía sentarse y no podía ir de pie, no le quedaban muchas alternativas. Capaz de flotar no era, desde luego.

—Aquí —soltó por fin el revisor al asomarse a otro compartimiento, del que salió un barullo de risas y voces que se derramó en el pasillo—. Aquí dentro hay sitio para alguien menudo. No os importa, chicos, ¿verdad? Tenemos un crío que viaja solo hasta Múnich. Lo dejaré aquí dentro, para que le echéis un vistazo.

Cuando el revisor se apartó, Pierrot notó que su inquietud aumentaba. Cinco chicos, todos de unos catorce o quince años, fornidos, rubios y de piel clara, se volvieron para mirarlo en silencio como si fueran una manada de lobos hambrientos inesperadamente alertas ante una presa.

—Adelante, hombrecito —dijo uno, el más alto del grupo, indicando el asiento vacío que había entre los dos chicos frente a él—. No mordemos.

Tendió una mano para indicarle mediante gestos lentos que se acercara, y algo en sus movimientos hizo sentir muy incómodo a Pierrot. Pero no tenía elección, de modo que se sentó. En cuestión de minutos los chicos habían empezado a charlar otra vez, ignorándolo por completo. Se sintió muy pequeño, allí sentado entre ellos.

Pasó mucho rato con la vista fija en sus zapatos, pero, poco a poco, fue recuperando la confianza y por fin la levantó para fingir mirar a través de la ventanilla, cuando en realidad observaba a uno de los chicos, que dormitaba con la cabeza apoyada en el cristal. Todos llevaban el mismo uniforme: camisa marrón, pantalón corto y corbata negros, calcetines blancos hasta la rodilla y un brazalete con un rombo blanco entre dos franjas horizontales de color rojo, separadas por una franja blanca en el centro. En el rombo llevaban aquella cruz que parecía una hélice, la misma que había visto en la enseña de la manga del hombre que le había pisado los dedos en la estación de Mannheim. Pierrot no pudo evitar sentirse impresionado y deseó tener un uniforme como aquél, en lugar de las prendas de segunda mano que le habían dado las hermanas Durand en el orfanato o las que llevaba puestas, compradas de saldo con su madre. Si fuera vestido como aquellos chicos, las niñas desconocidas que se cruzara en las estaciones de tren no podrían hacer comentarios sobre lo vieja que estaba su ropa.

—Mi padre era soldado —dijo de repente, sorprendiéndose del volumen de sus propias palabras al salir de sus labios.

Los chicos dejaron de hablar entre sí para mirarlo fijamente, y el de la ventana despertó, parpadeó varias veces, miró a su alrededor y preguntó si ya habían llegado a Múnich.

—¿Qué has dicho, hombrecito? —quiso saber el que se había dirigido a él a su llegada, y que sin duda era el líder del grupo.

—He dicho que mi padre era soldado —repitió Pierrot, que ya lamentaba haber abierto el pico.

—¿Y eso cuándo fue?

—Durante la guerra.

—Ese acento tuyo... —dijo el chico, inclinándose hacia él—. Hablas bien, pero no eres alemán de nacimiento, ¿verdad?

Pierrot negó con la cabeza.

—Déjame adivinarlo. —Una sonrisa asomó a la cara del líder cuando señaló el pecho de Pierrot—. Suizo. ¡No, francés! Tengo razón, ¿a que sí?

Pierrot asintió.

El líder del grupo arqueó una ceja y olisqueó el aire como si tratara de identificar un olor desagradable.

—¿Y cuántos años tienes, seis?

—Siete —terció Pierrot sentándose muy tieso, mortalmente ofendido.

—Eres demasiado pequeñajo para tener siete años.

—Ya lo sé. Pero algún día seré más alto.

—Es posible, si vives lo suficiente. ¿Y adónde vas?

—A encontrarme con mi tía —respondió Pierrot.

—¿También es francesa?

—No, alemana.

El chico pareció darle vueltas a aquello y luego esbozó una sonrisa inquietante.

—¿Sabes cómo me siento ahora mismo, hombrecito?

—No.

—Hambriento.

—¿No has desayunado? —preguntó Pierrot, provocando las risotadas de dos de los otros chicos, que una mirada furibunda de su líder silenció casi de inmediato.

—Sí, he desayunado —contestó—. He disfrutado de un desayuno delicioso, de hecho. Y he almorzado. Incluso he tomado un tentempié en la estación de Mannheim. Pero sigo teniendo hambre.

Pierrot miró la bolsa de sándwiches que había dejado a su lado y lamentó no haberla metido en la maleta junto con el regalo que le había dado Simone. Planeaba comerse dos en aquella parte del viaje y dejar último para el trayecto que le quedara hasta su destino.

—A lo mejor venden comida en el tren —dijo.

—Pero yo no tengo dinero —respondió el chico con una sonrisa y abriendo los brazos—. No soy más que un joven al servicio de la Patria. Un simple *Rottenführer*, hijo de un catedrático de literatura... Pero sí, resulta que estoy por encima de estos humildes y miserables miembros de las Juventudes Hitlerianas que ves aquí a mi lado. ¿Es rico tu padre?

—Mi padre está muerto.

—¿Murió durante la guerra?

—No, después.

El chico reflexionó un instante.

—Apuesto a que tu madre es muy guapa —dijo, y alargó una mano para tocar la cara de Pierrot.

—Mi madre también está muerta —contestó él, apartándose.

—Qué pena. Supongo que también era francesa, ¿no?

—Sí.

—Entonces tampoco importa tanto.

—Venga ya, Kurt —intervino el chico de la ventana—. Déjalo en paz, no es más que un crío.

—¿Tienes algo que decir, Schlenheim? —espetó el líder volviéndose muy deprisa para mirar a su amigo—. ¿Acaso has olvidado el protocolo mientras roncabas ahí como un cerdo?

Schlenheim tragó saliva nervioso y negó con la cabeza.

71

—Discúlpame, *Rottenführer* Kotler —dijo en voz baja y sonrojándose—. He hablado cuando no me tocaba.

—Entonces, lo repetiré —continuó Kotler, mirando de nuevo a Pierrot—: Tengo hambre. Ojalá hubiera algo de comer. Pero ¡espera un momento! ¿Y eso qué es? —Sonrió, mostrando unos dientes blancos y perfectos—. ¿Son sándwiches? —Tendió la mano, cogió la bolsa de Pierrot y la olisqueó—. Yo diría que sí. Alguien debe de habérselos olvidado aquí.

—Son míos —protestó Pierrot.

—¿Es que llevan tu nombre escrito?

—En el pan no se puede escribir ningún nombre.

—En ese caso, no podemos estar seguros de que sean tuyos. Y como los he encontrado yo, tengo derecho a considerarlos de mi propiedad.

Dicho lo cual, Kotler abrió la bolsa, sacó el primer sándwich, lo devoró en tres rápidos bocados y pasó al segundo.

—Deliciosos —declaró, y le ofreció el último a Schlenheim, que negó con la cabeza.

—¿No tienes hambre?

—No, *Rottenführer* Kotler.

—Pues oigo cómo te ruge el estómago desde aquí. Cómetelo.

Schlenheim alargó una mano un poco temblorosa para coger el sándwich.

—Muy bien —dijo Kotler con una sonrisa. Miró a Pierrot, se encogió de hombros, y añadió—: Siento que no haya más. De haber sido así, podría haberte dado uno. ¡Pareces muerto de hambre!

Pierrot lo miró y tuvo ganas de decirle qué opinaba exactamente de los ladrones que abusaban de su tamaño para robarle la comida, pero algo en aquel chico le decía que saldría perdiendo en cualquier intercambio que mantuviera con él, y no sólo porque Kotler fuese mucho mayor. Sintió que las lágrimas asomaban a sus ojos, pero se prometió que no lloraría y las contuvo mirando al suelo. Kotler adelantó despacio una bota, y cuando Pierrot levantó la cabeza de nuevo, le arrojó la bolsa vacía y arrugada a la cara, antes de retomar la conversación con los chicos que lo rodeaban.

Desde allí hasta Múnich, Pierrot no volvió a abrir la boca.

Cuando el tren entró en la estación un par de horas después, los miembros de las Juventudes Hitlerianas recogieron sus pertenencias, pero Pierrot se quedó atrás, esperando a que bajaran primero. Salieron uno por uno hasta que en el compartimiento sólo quedaron él y Kotler, que lo miró y se inclinó para examinar la etiqueta en su solapa.

—Tienes que bajarte aquí —dijo—. Ésta es tu parada.

Hablaba como si no se hubiera dedicado a atormentarlo y sólo pretendiera ayudarlo. Le arrancó el papel del abrigo para leer qué ponía en el último: «Salzburgo.»

—Ah, ya veo que no vas a quedarte en Alemania. Tu viaje acaba en Austria.

Pierrot experimentó una oleada de pánico al pensar cuál sería el destino definitivo de Kotler, y aunque no tenía ganas de seguir hablando con aquel chico, supo que debía preguntárselo:

—No irás tú también allí, ¿verdad?

La mera idea de que acabaran otra vez en el mismo tren lo horrorizaba.

—¿A Austria, yo? —respondió Kotler mientras cogía la mochila de encima del asiento y salía por la puerta. Sonrió y negó con la cabeza—. No. —Hizo ademán de marcharse, pero se lo pensó mejor y miró de nuevo a Pierrot, para añadir guiñándole un ojo—: Todavía no, al menos. Pero iré pronto. Muy pronto, diría yo. Ahora mismo, la gente de Austria tiene un sitio al que puede considerar su hogar. Pero uno de estos días... ¡bum!

Al tiempo que imitaba el sonido de una explosión, juntó las yemas de los dedos y luego las separó de golpe, abriendo las palmas. A continuación se echó a reír y se alejó pasillo abajo para salir al andén.

El último trayecto hasta Salzburgo sólo duraría un par de horas. Para entonces, Pierrot tenía mucha hambre y estaba exhausto, pero, por mucho que lo estuviera, temía quedarse dormido y pasarse de parada. Pensó en el mapa de Europa que colgaba en la pared de su aula, en París, y trató de imaginar dónde podía acabar si se dormía. En Rusia, quizá. O más lejos incluso.

Ahora estaba solo en el compartimiento y, al acordarse del regalo que le había dado Simone en el andén de Orleans, hurgó en la maleta, lo sacó y le quitó el papel marrón. Luego resiguió con el dedo las palabras en la cubierta del libro.

—*Emil y los detectives* —leyó—, de Erich Kästner. La ilustración de la tapa mostraba a un hombre caminando por una calle amarilla mientras tres niños lo observan desde detrás de una columna. En la esquina inferior derecha figuraba la palabra «Trier». Leyó las primeras líneas:

—A ver, Emil —dijo la señora Tischbein—, tráeme tú esta otra jarra de agua caliente, ¿quieres?

La mujer cogió una jarra y un cuenco pequeño con champú de camomila, y salió a toda prisa de la cocina para dirigirse al salón. Emil levantó la suya y la siguió.

Pierrot no tardó mucho en descubrir, sorprendido, que el niño del libro, Emil, tenía unas cuantas cosas en común con él, o al menos con quien había sido él hasta hacía poco. Emil vivía solo con su madre —aunque en Berlín, no en París— y su padre también estaba muerto. Al principio de la novela, como Pierrot, hace un viaje en tren y un hombre que va en su compartimiento le roba el dinero, como a él le había birlado los sándwiches el tal *Rottenführer* Kotler. En ese momento, Pierrot se alegró de no tener dinero, aunque sí llevaba una maleta con ropa, el cepillo de dientes, una fotografía de sus padres y una nueva historia que le había mandado Anshel justo antes de salir del orfanato y que había leído ya dos veces. Aquel relato iba de un niño que se convertía en blanco de los insultos de aquellos que había creído sus amigos, y Pierrot la encontraba un poco perturbadora. Prefería las historias que Anshel había escrito en otras ocasiones sobre magos y animales que hablaban.

Entonces se acercó más la maleta hacia él, por si alguien entraba y le hacía lo mismo que Max Grundeis le había hecho a Emil. Finalmente, el movimiento del tren le dio tanto sueño que ya no pudo mantener los ojos abiertos. El libro le resbaló de las manos, y Pierrot se quedó dormido.

Al cabo de lo que le parecieron sólo unos instantes, el ruido que producía alguien aporreando el cristal hizo que se despertara sobresaltado. Se volvió sorprendido y preguntándose durante un momento dónde estaba; entonces sintió pánico al pensar que había llegado a Rusia, al fin y al cabo. El tren estaba parado y reinaba un silencio inquietante.

Volvieron a golpear la ventana, más fuerte esta vez, pero el cristal estaba tan empañado que no se veía el andén. Trazando con la mano un arco perfecto, despejó el trozo suficiente para ver un letrero enorme en el que, para su alivio, se leía «SALZBURGO». Una mujer muy guapa de largo cabello rojizo lo miraba desde fuera. Estaba diciéndole algo, pero Pierrot no conseguía oír sus palabras. La mujer volvió a hablar, y él siguió sin oír nada. Alargó una mano para abrir la ventanita de la parte superior, y por fin las palabras llegaron hasta él:

—¡Soy yo, Pierrot! ¡Soy tu tía Beatrix!

5

La casa en la cima de la montaña

Pierrot despertó a la mañana siguiente en una habitación que no le resultaba familiar. El techo consistía en una serie de vigas largas de madera con las que se entrecruzaban montantes más oscuros. En un rincón del travesaño que quedaba sobre su cabeza había una gran telaraña cuya arquitectura pendía amenazadora de una sedosa hebra rotatoria.

Se quedó unos minutos donde estaba, sin moverse, rememorando el viaje que lo había llevado hasta allí. Lo último que recordaba era haber bajado del convoy y recorrido el andén con una mujer que decía ser su tía, y haber subido luego al asiento trasero de un coche que conducía un hombre con uniforme gris y gorra de chófer. Después, todo se volvía un tanto oscuro en su mente. Tenía la vaga impresión de haber mencionado que un chico de las Juventudes Hitlerianas le había quitado los sándwiches. El chófer había comentado algo sobre la conducta de esos chavales, pero la tía Beatrix se apresuró a hacerlo callar. Sin duda debió de quedarse dormido enseguida, porque recordaba haber soñado que volaba hacia las nubes, cada vez más alto, y que hacía más frío a cada instante. Entonces, unos brazos fuertes lo habían sacado del coche para llevarlo hasta una habitación, donde una mujer lo arropó bien y le dio un beso en la frente antes de apagar las luces.

Se incorporó hasta quedar sentado y miró a su alrededor. La habitación era pequeña, más incluso que la de su casa en París, y contenía tan sólo la cama en la que se encontraba, una cómoda con una palangana y una jarra encima, y un armario en el rincón. Levantó las sábanas y se llevó una sorpresa al comprobar que llevaba puesto un camisón largo sin nada debajo. Alguien debía de haberlo desvestido, y al pensarlo se puso muy rojo porque quienquiera que fuese se lo habría visto todo.

Pierrot se levantó de la cama y fue hasta el armario, notando el frío suelo de madera bajo sus pies descalzos, pero su ropa no estaba allí dentro. Abrió los cajones de la cómoda, y también estaban vacíos. Sin embargo, en la jarra había agua, de modo que bebió un poco y se enjuagó la boca, y luego vertió un chorro en la palangana para lavarse la cara. Se acercó a la única ventana que había y descorrió la cortina para mirar hacia fuera, pero el cristal estaba cubierto de escarcha y apenas distinguió una mezcolanza indistinta de verde y blanco. Parecía un bosque que se esforzaba en sobresalir de la nieve. Se le hizo un pequeño nudo de ansiedad en el estómago.

«¿Dónde estoy?», se preguntó.

Al volverse, advirtió en la pared un retrato de un hombre muy muy serio con un bigotito. Su mirada se perdía en la distancia. Llevaba una chaqueta amarilla con una cruz de hierro en el bolsillo de la pechera, y apoyaba una mano sobre el respaldo de una silla y la otra en la cadera. Tras él pendía un cuadro con árboles y un cielo cubierto de nubes oscuras, como si se avecinara una tormenta terrible.

Pierrot se quedó mirando fijamente la pintura durante largo rato. Había algo hipnótico en la expresión de aquel hombre, y sólo reaccionó cuando oyó unas pisadas acercándose por el pasillo. Volvió a toda prisa a la cama y se tapó con las sábanas hasta la barbilla. El pomo de la puerta giró y una chica bastante corpulenta de unos dieciocho años se asomó a la habitación. Era pelirroja, y su rostro parecía más rojo incluso que su pelo.

—Así que ya estás despierto —dijo con tono acusador.

Pierrot se quedó callado, se limitó a asentir con la cabeza.

—Tienes que venir conmigo.

—¿Adónde?

—Adonde yo te lleve y se acabó. Vamos, date prisa. Ya estoy bastante ocupada, sólo me faltaría tener que responder además a un montón de preguntas tontas.

Pierrot se levantó de la cama y se acercó a ella, pero mirándose los pies.

—¿Dónde está mi ropa? —quiso saber.

—Ha ido a parar al incinerador. A estas alturas ya se habrá convertido en ceniza.

Pierrot soltó un grito ahogado de consternación. La ropa que había llevado durante el viaje se la había regalado su madre cuando cumplió siete años. Aquélla fue la última ocasión en que habían ido de compras juntos.

—¿Y mi maleta?

La chica se encogió de hombros, pero no pareció tener el más mínimo cargo de conciencia.

—Ya no queda nada —contestó—. No queríamos esas cosas repugnantes y apestosas en la casa.

—Pero... —empezó a decir Pierrot.

—Basta ya de tonterías —zanjó la chica, volviéndose para agitar un dedo a pocos centímetros del rostro de Pierrot—. Estaba todo asqueroso y es muy probable que plagado de seres indeseables. Está mejor en el fuego. Tienes suerte de estar aquí, en el Berghof...

—¿Dónde? —preguntó Pierrot.

—En el Berghof —repitió ella—. Así se llama esta casa. Y aquí no permitimos berrinches. Ahora, sígueme. No quiero oírte decir una sola palabra más.

Pierrot recorrió el pasillo mirando a izquierda y derecha, tratando de asimilarlo todo. La casa estaba hecha casi por entero de madera, y aunque parecía bonita y acogedora, las fotografías en la pared, en las que figuraban grupos de oficiales de uniforme y en posición de firmes —algunos miraban directamente al objetivo de la cámara, como si pretendieran intimidarlo hasta agrietarlo—, parecían un poco fuera de lugar. Se detuvo ante una, fascinado por lo que veía. Los hombres tenían un aspecto feroz, una expresión que daba miedo, y al mismo tiempo eran guapísimos y lo dejaban a uno sin aliento. Pierrot se preguntó si de mayor se vería tan aterrador como ellos. De ser así, nadie se atrevería a pisotearlo en las estaciones, ni a robarle los sándwiches en los vagones de tren.

—Esas fotografías las toma ella —explicó la chica, deteniéndose a ver qué miraba Pierrot.

—¿Quién?

—La señora de la casa. Ahora deja ya de entretenerte. El agua está enfriándose.

Pierrot no supo qué quería decir con eso, pero la siguió cuando bajó por una escalera y enfiló por un pasillo a su izquierda.

—¿Cómo te llamabas? —preguntó la chica, mirando atrás—. No consigo que se me quede en la cabeza.

—Pierrot.

—¿Qué clase de nombre es ése?

—No lo sé —contestó él, encogiéndose de hombros—. Es mi nombre y ya está.

—No hagas eso con los hombros. La señora no soporta que la gente lo haga. Dice que es vulgar.

—¿Te refieres a mi tía Beatrix? —quiso saber Pierrot.

La chica se detuvo y lo miró durante unos instantes, luego echó atrás la cabeza y soltó una risotada.

—Beatrix no es la señora de la casa. Sólo es el ama de llaves. La señora es... Bueno, pues la señora, ¿no? Es la que manda. Tu tía está a sus órdenes. Como todos.

—¿Cómo te llamas? —preguntó Pierrot.

—Herta Theissen. De las criadas de aquí, soy la segunda de mayor rango.

—¿Cuántas hay?

—Dos —contestó ella—. Pero la señora dice que pronto harán falta más, y cuando lleguen esas otras, yo seguiré siendo la segunda y tendrán que obedecerme.

—¿Y tú también vives aquí?

—Claro que sí. ¿Te crees que sólo me he dejado caer por aquí sin más? Además, están el señor y la señora, cuando vienen, aunque ahora hace varias semanas que no los vemos. Unas veces pasan aquí el fin de semana, y otras se quedan más tiempo. Hay ocasiones en que no los vemos durante un mes entero. También está Emma... Es la cocinera, y más te vale no buscarle las cosquillas. Y Ute, la criada de mayor rango. Y, por supuesto, Ernst, el chófer. Supongo que lo conociste anoche. ¡Ay, Ernst es maravilloso! Tan guapo, divertido y considerado. —Se detuvo un instante y exhaló un alegre suspiro—. Y luego está tu tía, claro. El ama de llaves. Suele haber un par de soldados en la puerta, pero los cambian demasiado a menudo como para que nos molestemos en conocerlos bien.

—¿Dónde está mi tía? —preguntó Pierrot, que había decidido ya que Herta no le caía muy bien.

—Ha bajado de la montaña para ir al valle con Ernst en busca de unas cuantas provisiones indispensables. Supongo que no tardarán en volver. Aunque con esos dos nunca se sabe. Tu tía tiene la terrible costumbre de hacerle perder el tiempo. Si pudiera se lo diría, pero ella está más arriba que yo en la jerarquía y probablemente iría con el cuento a la señora.

Herta abrió otra puerta y Pierrot la siguió al interior de otra habitación. En el centro había una bañera metálica llena de agua hasta la mitad, y un montón de vapor elevándose desde la superficie.

—¿Hoy toca baño?

—A ti sí —contestó Herta arremangándose—. Venga, quítate ese camisón para que pueda lavarte. Dios sabe qué clase de mugre habrás traído contigo.

Nunca he conocido a un francés que no estuviera asqueroso.

—¿Eh? ¡No, no! —exclamó Pierrot, negando con la cabeza y retrocediendo con las manos tendidas ante él para impedir que Herta se le acercara. No estaba dispuesto a quitarse la ropa delante de una completa extraña, y menos aún tratándose de una chica. Ni siquiera le había hecho gracia desvestirse en el orfanato, y en su dormitorio sólo había chicos—. Desde luego que no. No pienso quitarme nada. Lo siento, pero no.

—¿Acaso crees que tienes elección? —preguntó ella con los brazos en jarras y mirándolo como si fuera un extraterrestre—. Órdenes son órdenes, Pierre.

—Pierrot.

—No tardarás en aprenderlo. Aquí las órdenes se dan para que las obedezcamos. Siempre y sin cuestionarlas.

—Me niego a hacerlo —insistió Pierrot, rojo de vergüenza—. Hasta mi madre dejó de bañarme cuando tenía cinco años.

—Bueno, pues tu madre está muerta, según he oído decir. Y tu padre se arrojó a las vías del tren.

Pierrot la miró fijamente, incapaz de hablar durante unos instantes. No conseguía creer que alguien pudiera ser tan cruel.

—Me lavaré yo mismo —declaró por fin, y se le quebró un poco la voz—. Sé hacerlo y lo haré bien, te lo prometo.

Herta hizo un aspaviento, rindiéndose.

—Vale. —Cogió una pastilla de jabón y se la plantó con gesto brusco en la palma de la mano—. Pero volveré dentro de un cuarto de hora, y quiero que para entonces hayas utilizado todo este jabón, ¿entendido? Si no, yo misma cogeré el cepillo y nada de lo que digas podrá impedirlo.

Pierrot asintió y exhaló un suspiro de alivio. Esperó a que Herta hubiese salido del lavabo para quitarse el camisón y meterse con cuidado en la bañera. Una vez dentro, se tendió y cerró los ojos, disfrutando de aquel lujo inesperado. Hacía mucho que no se daba un baño caliente. En el orfanato, el agua siempre estaba fría, pues era necesario que muchos niños utilizaran la misma. Mojó el jabón, lo frotó con fuerza entre ambas manos hasta producir una buena cantidad de espuma y empezó a lavarse.

El agua no tardó en volverse turbia, con toda la mugre que había acumulado su cuerpo. Metió la cabeza bajo la superficie, disfrutando del modo en que se apagaban los sonidos del mundo exterior, y se masajeó el cuero cabelludo con el jabón para lavarse el pelo. Cuando se hubo aclarado toda la espuma, se incorporó hasta quedar sentado y empezó a frotarse los pies, insistiendo bajo las uñas. Para su alivio, el jabón iba volviéndose más y más pequeño, pero siguió lavándose hasta que desapareció del todo. Lo tranquilizó saber que cuando Herta regresara no tendría motivos para llevar a la práctica su terrible amenaza.

Cuando la chica entró de nuevo —¡sin ni siquiera llamar!—, llevaba una toalla grande, que extendió ante él.

—Bueno, venga. Fuera de ahí.

—Date la vuelta —pidió Pierrot.

—Ay, por el amor de Dios —respondió ella con un suspiro, y volvió la cabeza y cerró los ojos.

Pierrot salió de la bañera y se dejó envolver en aquel tejido, el más suave y suntuoso que había conocido nunca. Se sentía tan cómodo con aquella toalla ciñendo su cuerpo menudo que habría estado encantado de quedarse así para siempre.

—Bueno —dijo Herta—. He dejado ropa limpia encima de tu cama. Te irá un poco grande, pero de momento tendrás que arreglártelas con eso. Beatrix bajará contigo de la montaña para equiparte como es debido en el valle, según me han dicho.

La montaña, una vez más.

—¿Por qué estoy en una montaña? ¿Qué clase de sitio es éste?

—Se acabaron las preguntas —zanjó Herta, dándose la vuelta—. No sé tú, pero yo tengo cosas que hacer. Vístete, y cuando bajes, puedes cogerte algo de comer si tienes hambre.

Pierrot corrió escaleras arriba de vuelta a su habitación, todavía envuelto en la toalla. Sus pies dejaban pequeñas huellas en el suelo de madera. En efecto, habían dejado una muda pulcramente extendida sobre su cama. Se la puso, se arremangó la camisa, se dobló los bajos de los pantalones y tensó todo lo que pudo los tirantes. Había también un jersey gordo, pero era tan grande que, cuando se lo puso, le llegaba a las rodillas, de modo que volvió a quitárselo y decidió enfrentarse a los elementos.

Bajó de nuevo por la escalera y miró a su alrededor, no muy seguro de adónde tenía que ir, pero no había nadie para ayudarlo.

—¿Hola? —preguntó en voz baja porque le daba miedo llamar demasiado la atención. Pero como confiaba en que alguien acabaría oyéndolo, se dirigió a la puerta principal y repitió—: ¿Hola?

Oía voces ahí fuera, de dos hombres que se reían. Giró el pomo y abrió la puerta, y un chorro de luz solar cayó sobre él pese al frío que hacía. Cuando salió al exterior, los hombres arrojaron al suelo los pitillos a medio fumar, los pisaron y se pusieron muy firmes y mirando al frente. Un par de estatuas de carne y hueso vestidas con uniforme y gorra con visera, todo de color gris, un grueso cinturón negro y botas también negras, casi hasta las rodillas.

Ambos llevaban un rifle colgado al hombro.

—Buenos días —dijo Pierrot con cautela.

Ninguno de los dos soldados habló, de modo que dio unos pasos más, se volvió y los miró a la cara, pero ellos siguieron sin pronunciar palabra. Le parecieron ridículos allí plantados. Se metió dos dedos en la boca y tiró hacia fuera de sus comisuras para extender al máximo los labios, puso los ojos en blanco y trató de no soltar demasiadas risitas. No reaccionaron. Saltó a la pata coja mientras se daba palmadas en la boca y emitía un grito de guerra. Nada de nada.

—¡Soy Pierrot! —declaró—. ¡Rey de la montaña!

Uno de los soldados volvió entonces levemente la cabeza, y por la expresión de su cara, por la forma en que se le curvó el labio y por el modo en que su hombro se desplazó un poco, provocando que el rifle se levantara a su vez, Pierrot creyó conveniente no hablarles más.

Una parte de él deseaba entrar otra vez en busca de algo de comer, como había sugerido Herta, ya que no había probado bocado en las veinticuatro horas transcurridas desde que saliera de Orleans. Pero por el momento estaba demasiado abstraído mirando en torno a sí, tratando de averiguar dónde se encontraba. Echó a andar cruzando la hierba, cubierta por una capa blanca de escarcha que producía agradables crujidos bajo sus botas, y contempló la vista. Era impresionante. No estaba simplemente en la cima de una montaña: se hallaba en medio de una cadena entera de ellas, cada una con altísimos picos que se elevaban hacia las nubes. Las cumbres nevadas se fundían con el cielo blanquecino, y las nubes se arremolinaban entre ellas, ocultando dónde acababa una y empezaba la siguiente. Pierrot no había visto nada semejante en toda su vida. Rodeó la casa hasta el otro lado y contempló la vista desde allí.

Era preciosa. Un mundo enorme y silencioso que evocaba tranquilidad.

Le llegó un sonido en la distancia, y recorrió el perímetro de la casa para observar la tortuosa carretera que descendía desde la entrada y se internaba en el corazón de los Alpes, describiendo giros impredecibles a izquierda y derecha, antes de desdibujarse y desaparecer en la zona invisible más abajo. Se preguntó a qué altura estaría aquella casa. Inspiró y el aire, que le pareció muy fresco y ligero, le llenó los pulmones y el espíritu de una enorme sensación de bienestar. Cuando volvió a bajar la vista hacia la carretera, vio un coche que ascendía por ella y se preguntó si debería volver a la casa antes de que llegara quien fuera que iba en él. Deseó que Anshel estuviese allí. Él sabría qué hacer en esa situación. Se habían escrito con regularidad cuando Pierrot estaba en el orfanato, pero el traslado había sido tan repentino que ni siquiera tuvo tiempo de comunicar a su amigo que se marchaba. Tenía que escribirle pronto, pero ¿qué dirección pondría?

Pierrot Fischer
La cima de la montaña
En algún lugar cerca de Salzburgo

Eso difícilmente iba a funcionar.

El coche se acercaba ya a la casa y se detuvo en un puesto de control situado seis o siete metros más allá. Pierrot vio salir de una caseta de madera a un soldado, que levantó la barrera e indicó con un gesto que podían pasar.

Era el mismo vehículo que lo había recogido en la estación la noche anterior, un Volkswagen negro descapotable con un par de banderitas en negro, blanco y rojo ondeando en la brisa en la parte delantera. Cuando se detuvo ante la casa, Ernst bajó y rodeó el coche para abrir la puerta de atrás, por la que salió su tía Beatrix. Ambos charlaron unos instantes, hasta que ella advirtió la presencia de los soldados que había en la entrada y pareció recomponer sus facciones en una expresión severa. Ernst volvió entonces a ponerse al volante y continuó para aparcar a cierta distancia.

Beatrix, mientras tanto, preguntó algo a uno de los soldados, que señaló en dirección a Pierrot. Cuando ella se volvió para mirarlo, su rostro se relajó y esbozó una sonrisa, y él pensó que se parecía mucho a su padre. Aquella expresión le recordaba enormemente a Wilhelm Fischer, y en aquel instante deseó estar de nuevo en París, en los buenos tiempos en que sus padres estaban vivos y lo habían cuidado y querido y mantenido a salvo, cuando *D'Artagnan* rascaba la puerta para que lo sacaran a pasear y Anshel estaba en el piso de abajo dispuesto a enseñarle palabras silenciosas con sus dedos.

Beatrix levantó una mano en el aire, y Pierrot dudó unos instantes antes de hacer lo mismo y acercarse a ella, lleno de curiosidad por saber qué le depararía su nueva vida.

6

Un poco menos francés,
un poco más alemán

A la mañana siguiente, Beatrix entró en la habitación de Pierrot para decirle que bajarían de la montaña para ir a comprarle ropa.

—Las prendas que trajiste de París no eran las más adecuadas para una casa como ésta. —Miró hacia la puerta y se acercó a cerrarla—. El señor tiene ideas muy estrictas sobre esas cosas. Además, será más seguro para ti que lleves ropa tradicional alemana. La tuya era demasiado bohemia para su gusto.

—¿Más seguro? —preguntó Pierrot, sorprendido de que hubiera elegido esa palabra.

—No fue fácil convencerlo de que te dejara venir —explicó ella—. No acostumbra a tratar con niños. Tuve que prometerle que no darías ningún problema.

—¿No tiene hijos? —Pierrot había confiado en que apareciera otro niño de su edad cuando llegara el señor de la casa.

—No. Y lo mejor será que no hagas nada que pueda molestarlo, no vaya a mandarte de vuelta a Orleans.

—El orfanato no era tan malo como pensaba. Simone y Adèle fueron muy buenas conmigo.

—Estoy segura de ello. Pero lo importante es la familia. Y tú y yo somos familia, la única que nos queda a ambos. Nunca debemos defraudarnos el uno al otro.

Pierrot asintió, pero había algo que quería preguntarle desde que Adèle le había enseñado la carta de su tía.

—¿Por qué no nos hemos conocido hasta ahora? ¿Cómo es que nunca viniste a visitarnos a mis padres y a mí a París?

Beatrix negó con la cabeza y se puso en pie.

—Ésa no es una historia para hoy. Pero hablaremos del tema en otro momento, si quieres. Ahora ven, debes de tener hambre.

Después de desayunar, salieron de la casa y se encontraron a Ernst apoyado tranquilamente en el coche, leyendo el periódico. Cuando alzó la mirada y los vio, sonrió, lo dobló por la mitad y se lo encajó bajo el brazo para abrirles la puerta trasera. Pierrot se fijó en su uniforme —¡qué elegante se veía!— y se preguntó si podría convencer a su tía de que le comprara algo así. Siempre le habían gustado los uniformes. Su padre tenía uno en un armario de su apartamento en París; una casaca de paño verde manzana con cuello de tirilla, seis botones en el centro y pantalones a conjunto, pero nunca se lo ponía. En cierta ocasión, su padre lo había pillado probándose la chaqueta y se quedó paralizado en el umbral, incapaz de moverse, y su madre lo regañó por andar curioseando en cosas que no eran suyas.

—¡Buenos días, Pierrot! —exclamó alegremente el chófer, revolviéndole el pelo—. ¿Has dormido bien?

—Muy bien, gracias.

—Esta noche he soñado que jugaba al fútbol con el equipo de Alemania —contó Ernst—. Marcaba el gol de la victoria contra los ingleses y todos me vitoreaban cuando me sacaban a hombros del campo.

Pierrot asintió con la cabeza. No le gustaba que la gente contara sus sueños porque, como algunas de las historias más complicadas de Anshel, no solían tener mucho sentido.

—¿Adónde vamos, Fräulein Fischer? —preguntó Ernst, inclinándose mucho ante Beatrix y saludando con dramatismo con la gorra.

Ella rió mientras subía al asiento trasero.

—Deben de haberme ascendido, Pierrot. Ernst nunca se dirige a mí de manera tan respetuosa. A la ciudad, por favor. Pierrot necesita ropa nueva.

—No le hagas caso —dijo Ernst, que se sentó al volante y puso en marcha el motor—, tu tía ya sabe que la tengo en mucha estima.

Pierrot se volvió para observar a Beatrix, que miraba a los ojos al chófer a través del retrovisor, y advirtió la leve sonrisa que iluminó su cara y el ligero rubor en sus mejillas. Cuando arrancaron, se volvió para ver por el parabrisas trasero cómo se alejaba la casa. Era muy bonita, con su estructura de madera clara destacando entre el accidentado paisaje nevado como un hechizo inesperado.

—Recuerdo la primera vez que la vi —dijo Beatrix, siguiendo la mirada de Pierrot—. No podía creer que desprendiera tanta tranquilidad. Tuve la seguridad de que éste sería un sitio en el que reinaría la calma.

—Y así es, al menos cuando él no está —murmuró Ernst por lo bajo, pero lo bastante alto para que Pierrot lo oyera.

—¿Cuánto tiempo hace que vives aquí? —preguntó, volviéndose hacia su tía.

—Bueno, tenía treinta y cuatro cuando llegué, de manera que debe de hacer ya... Vaya, algo más de dos años.

Pierrot la observó con atención. Era muy guapa, sin duda, con un cabello largo y rojizo que se ondulaba un poco en los hombros, y una piel clara y perfecta.

—O sea que tienes... ¡treinta y seis años! ¡Qué vieja!

—¡Ja! —soltó Beatrix, y se echó a reír.

—Pierrot, tú y yo debemos tener una pequeña charla —intervino Ernst—. Si quieres encontrar novia, necesitas saber cómo hablarle. Nunca debes decirle a una mujer que te parece mayor. Siempre has de suponer que tiene cinco años menos de los que realmente piensas que tiene.

—Yo no quiero tener novia —se apresuró a decir Pierrot, horrorizado ante la idea.

—Eso lo dices ahora. Ya veremos qué opinas dentro de unos años.

Pierrot negó con la cabeza. Recordaba que Anshel se había comportado como un tonto con una niña nueva de su clase, en el colegio: le escribía historias y le dejaba flores en el pupitre. Él había tenido que hablar muy seriamente con su amigo, aunque no hubo manera de convencerlo de que cambiara de actitud;

Anshel estaba perdidamente enamorado. A Pierrot, todo aquel episodio le había parecido de lo más ridículo.

—¿Cuántos años tienes, Ernst? —preguntó entonces, moviéndose para apoyarse en el asiento delantero y ver mejor al chófer.

—Veintisiete —contestó éste, volviéndose para mirarlo—. Cuesta creerlo, ya lo sé. Parezco un muchacho en la flor de la juventud.

—No apartes la vista de la carretera, Ernst —lo regañó la tía Beatrix en voz baja, aunque su tono reveló que aquello la divertía—. Y tú siéntate bien, Pierrot, es peligroso ir ahí reclinado. Si cogemos un bache...

—¿Vas a casarte con Herta? —interrumpió Pierrot.

—¿Herta? ¿Qué Herta?

—La criada de la casa.

—¿Herta Theissen? —exclamó Ernst, horrorizado—. Dios santo, no. ¿De dónde diablos has sacado semejante idea?

—Dijo que eras guapo, divertido y considerado.

Beatrix se echó a reír y se llevó ambas manos a la boca.

—¿Será verdad, Ernst? —preguntó con tono burlón—. ¿Se habrá enamorado de ti la afable Herta?

—Las mujeres siempre andan enamorándose de mí —respondió Ernst, encogiéndose de hombros—. Es una cruz que tengo que llevar. Me echan un solo vistazo, y ya está. —Hizo chasquear los dedos—. Rendidas a mis pies para siempre. No es fácil ser tan guapo, ¿sabes?

—Ni tan humilde —añadió Beatrix.

—A lo mejor les gusta tu uniforme —sugirió Pierrot.

—A todas las chicas les gustan los hombres con uniforme —dijo Ernst.

—Es posible, sí, pero no nos gusta cualquier uniforme —puntualizó Beatrix.

—Sabes por qué lleva uniforme la gente, ¿verdad, Pierrot? —continuó el chófer.

El niño negó con la cabeza.

—Porque la persona que lo lleva cree que puede hacer lo que le apetezca.

—Ernst... —advirtió Beatrix en voz baja.

—Puede tratar a los demás como nunca lo haría si llevara ropa normal. Insignias, guerreras o botas altas... Los uniformes nos permiten dar rienda suelta a nuestra crueldad sin sentirnos culpables.

—Ernst, ya está bien —insistió Beatrix.

—¿No crees que tengo razón?

—Ya sabes que sí. Pero éste no es momento para esa clase de conversación.

Ernst no respondió y siguió conduciendo en silencio mientras Pierrot le daba vueltas a lo que había dicho y trataba de encontrarle sentido. La verdad era que no estaba muy de acuerdo con él. Le encantaban los uniformes y deseaba tener uno.

—¿Hay niños aquí con los que jugar? —preguntó al cabo de un rato.

—Me temo que no —contestó Beatrix—, pero en la ciudad sí, muchos. Y empezarás pronto el colegio, así que diría que no tardarás en hacer amigos allí.

—¿Podré llevármelos a la cima de la montaña a jugar conmigo?

—No, creo que al señor no le gustaría.

—A partir de ahora vamos a tener que cuidarnos mutuamente, Pierrot —dijo Ernst desde el asiento delantero—. Necesito a otro hombre en la casa. La forma en que me acosan todas estas mujeres acabará conmigo.

—Pero tú eres viejo.

—Hombre, tampoco tanto.

—Veintisiete años es ser viejísimo.

—Si él es viejísimo —intervino Beatrix—, ¿qué soy yo?

Pierrot titubeó unos instantes.

—Prehistórica —declaró por fin con una risita, y Beatrix se echó a reír.

—Ay, mi pequeño Pierrot —intervino Ernst—. Te queda mucho que aprender sobre las mujeres.

—¿Tenías muchos amigos en París? —quiso saber Beatrix.

Pierrot asintió.

—Bastantes. Y un enemigo mortal que me llamaba Le Petit, por lo pequeñajo que soy.

—Ya crecerás —contestó Beatrix.

Y Ernst dijo al mismo tiempo:

—Hay matones en todas partes.

—Pero mi mejor amigo de verdad, Anshel, vivía en el piso de abajo, y es al que más echo de menos. Está cuidando de mi perro, *D'Artagnan*, porque no me dejaron llevármelo al orfanato. Pasé unas semanas en su casa cuando Madre murió, pero su madre no quiso que viviera con ellos.

—¿Por qué no? —quiso saber Ernst.

Pierrot se preguntó si debía contarles la conversación que había escuchado a hurtadillas aquel día entre

96

madame Bronstein y su amiga en la cocina, pero decidió no hacerlo. Aún recordaba lo furiosa que se había puesto ella cuando lo había encontrado con el *yarmulke* de Anshel puesto, y también que no le había permitido acudir al templo con ellos.

—Anshel y yo pasábamos juntos casi todo el tiempo —añadió, ignorando la pregunta de Ernst—. Cuando él no estaba escribiendo historias, claro.

—¿Historias? —repitió Ernst.

—Sí, de mayor quiere ser escritor.

Beatrix sonrió.

—¿También quieres serlo tú?

—No —contestó Pierrot—. Lo probé unas cuantas veces, pero no conseguía que mis palabras tuvieran mucho sentido. Aunque sí solía inventarme historias, o explicar cosas divertidas que pasaban en el colegio, y entonces Anshel se iba durante una hora y cuando volvía me daba unas páginas. Siempre decía que, aunque las hubiese escrito él, seguían siendo mis historias.

Los dedos de Beatrix tamborilearon unos instantes en el asiento mientras le daba vueltas a todo aquello.

—Anshel... Fue su madre quien me escribió, claro, y quien me dijo dónde podía encontrarte. ¿Cómo era el apellido de tu amigo? Recuérdamelo, Pierrot.

—Bronstein.

—Anshel Bronstein... Ya veo.

Una vez más, Pierrot advirtió que la mirada de su tía se encontraba con la de Ernst en el retrovisor, y esta vez fue el chófer quien negó levemente con la cabeza, con expresión muy seria.

—Aquí voy a aburrirme mucho —declaró el niño con abatimiento.

—Siempre hay cosas en las que ocuparse cuando no estás en el colegio —dijo Beatrix—. Y estoy segura de que encontraremos algún trabajo para ti.

—¿Un trabajo? —preguntó Pierrot, mirándola con cara de sorpresa.

—Sí, por supuesto. En la casa de la cima de la montaña todos deben trabajar. Incluido tú. El trabajo nos hace libres... Eso dice el señor.

—Yo pensaba que ya era libre —terció Pierrot.

—Y yo también —dijo Ernst—. Pero resulta que los dos nos equivocábamos.

—Déjalo ya, Ernst —le advirtió Beatrix.

—¿Qué clase de trabajo? —quiso saber Pierrot.

—Aún no lo sé muy bien —respondió su tía—. Es posible que el señor tenga algunas ideas al respecto. Si no, estoy segura de que a Herta se le ocurrirá algo. Incluso podrías ayudar a Emma en la cocina. Oh, venga, no pongas esa cara de preocupación, Pierrot. En estos tiempos, todo alemán debe hacer alguna contribución a la Patria, por pequeño o viejo que sea.

—Yo no soy alemán —soltó Pierrot—. Soy francés.

Beatrix se volvió rápidamente hacia él. La sonrisa se había desvanecido de su rostro.

—Naciste en Francia, es verdad. Y tu madre era francesa. Pero tu padre, mi hermano mayor, era alemán. Y eso te convierte a ti en alemán también, ¿lo comprendes? A partir de ahora, será mejor que ni siquiera menciones de dónde procedes.

—Pero ¿por qué?

—Porque así será más seguro. —Fue la respuesta de su tía—. Y hay otra cosa de la que quería hablar contigo. De tu nombre.

—¿Mi nombre? —preguntó Pierrot, mirándola con el ceño fruncido.

—Sí. —Beatrix titubeó, como si no acabara de creer lo que estaba a punto de decir—. Me parece que ya no deberíamos llamarte Pierrot.

Él la miró con la boca abierta, sorprendido; no podía creer lo que le estaba diciendo su tía.

—Pero yo siempre me he llamado Pierrot. Es... bueno, ¡es mi nombre!

—Aun así, es un nombre demasiado francés. Se me ha ocurrido que podríamos llamarte Pieter. Es el mismo nombre, sólo que en la versión alemana. No son tan distintos.

—Pero yo no soy un Pieter —insistió él—. Soy un Pierrot.

—Por favor, Pieter...

—¡Pierrot!

—Confía en mí, sé lo que digo. De corazón puedes seguir siendo Pierrot, por supuesto. Pero en la cima de la montaña, cuando haya gente alrededor, y en especial cuando estén presentes el señor y la señora, serás Pieter.

Pierrot exhaló un suspiro.

—Pieter no me gusta.

—Tienes que entender que sólo pienso en lo que más te conviene. Por eso te he traído a vivir conmigo. Quiero que estés a salvo. Y sólo sé hacerlo de esta manera. Necesito que seas obediente, Pieter, aunque a veces las cosas que te pida que hagas te parezcan un poco raras.

Continuaron el trayecto un rato en silencio, siempre descendiendo por la carretera, y Pierrot se preguntó cuántos cambios más habría en su vida antes de que acabara aquel año.

—¿Cómo se llama el pueblo al que vamos? —quiso saber.

—Berchtesgaden —contestó Beatrix—. Ya no queda mucho. Llegaremos dentro de unos minutos.

—¿Seguimos en Salzburgo? —preguntó él, pues aquél había sido el último nombre que había llevado prendido en el abrigo.

—No, estamos a unos treinta kilómetros de allí. Las montañas que ves a tu alrededor son los Alpes de Baviera. —Beatrix señaló a la ventanilla izquierda—. Hacia allí está la frontera con Austria. —Luego señaló a la derecha—. Y por allí está Múnich. Pasaste por Múnich de camino aquí, ¿verdad?

—Sí, y por Mannheim —añadió, acordándose de aquel soldado en la estación que le había pisado los dedos como si estuviera disfrutando del dolor que le causaba. Entonces señaló él también hacia las montañas a lo lejos, hacia el mundo que no podían ver más allá de ellas—. Pues por allí tiene que estar París. Hacia allí está mi casa.

Beatrix negó con la cabeza y le bajó la mano.

—No, Pieter —dijo, y volvió a mirar hacia la cima de la montaña—. Tu casa está ahí arriba. En el Obersalzberg. Es ahí donde vives ahora. No debes pensar más en París. Es posible que no vuelvas a verla durante mucho tiempo.

Pierrot sintió una gran oleada de tristeza en su interior, y el rostro de su madre apareció en sus pensamientos, dando paso a una imagen de los dos sentados muy juntos ante la chimenea por las noches, mientras ella tejía y él leía un libro o dibujaba en un cuaderno. Pensó en *D'Artagnan*, y en madame Bronstein en el piso de abajo, y cuando pensó en Anshel, sus dedos trazaron el signo del zorro y luego el signo del perro.

«Quiero irme a casa», pensó mientras movía las manos de un modo que sólo Anshel entendería.

—¿Qué haces? —quiso saber Beatrix.

—Nada —contestó él. Volvió a dejar ambas manos a los costados y miró a través de la ventanilla.

Al cabo de unos minutos llegaron a Berchtesgaden, un pueblo con mercado, donde Ernst aparcó en un sitio tranquilo.

—¿Tardaréis mucho? —preguntó, volviéndose para mirar a Beatrix.

—Sí, es posible que un rato. Necesita ropa y zapatos. Tampoco le vendría mal un corte de pelo, ¿no crees? Tenemos que volverlo un poco menos francés y un poco más alemán.

El chófer miró un momento a Pierrot y asintió.

—Sí, probablemente sea lo mejor —contestó—. Cuanto más elegante esté, mejor para todos. Al fin y al cabo, él aún podría cambiar de opinión.

—¿Quién podría cambiar de opinión? —quiso saber Pierrot.

—¿Un par de horas, entonces? —dijo tía Beatrix, ignorando a su sobrino.

—Sí, de acuerdo.

—¿A qué hora vas a...?

—Un poco antes de mediodía. La reunión sólo nos llevará una hora más o menos.

—¿Qué reunión es ésa? —preguntó Pierrot.

—No voy a ninguna reunión —respondió Ernst.

—Pero acabas de decir que...

—Pieter, cierra el pico —zanjó Beatrix, irritada—. ¿Nunca te ha dicho nadie que no hay que andar escuchando conversaciones ajenas?

—Pero ¡estoy aquí sentado! —protestó—. ¿Cómo no voy a escucharos?

—No pasa nada —intervino Ernst, volviéndose para sonreírle—. ¿Has disfrutado del paseo?

—Supongo que sí.

—Seguro que algún día te gustaría aprender a conducir un coche como éste, ¿a que sí?

Pierrot asintió con la cabeza.

—Sí. Los coches me gustan.

—Vale, pues si te portas bien, a lo mejor te enseño. Lo haré como un favor. Y, a cambio, ¿me harás tú un favor a mí?

Pierrot se volvió para mirar a su tía, pero ella guardaba silencio.

—Puedo intentarlo —contestó.

—No, necesito que hagas algo más que intentarlo —repuso Ernst—. Necesito que me lo prometas.

—Vale, te lo prometo. ¿Qué es?

—Tu amigo, Anshel Bronstein.

—¿Qué pasa con él? —Pierrot frunció el ceño.

—Ernst... —intervino Beatrix con nerviosismo, inclinándose hacia él.

—Un momento, por favor, Beatrix —dijo el chófer, y su tono fue más serio que en toda la mañana—. El favor que quiero pedirte es que no vuelvas a mencionar el nombre de ese niño mientras estés en la casa de la cima de la montaña. ¿Lo has entendido?

Pierrot lo miró como si se hubiera vuelto loco.

—Pero ¿por qué no? Es mi mejor amigo. Lo conozco desde que nací. Es prácticamente mi hermano.

—No —dijo el chófer con acritud—. Él no es tu hermano. No digas una cosa así. Piénsala, si quieres. Pero no la digas en voz alta.

—Ernst tiene razón —intervino Beatrix—. Lo mejor será que no hables en absoluto de tu pasado. Conserva tus recuerdos en la memoria, por supuesto, pero no hables de ellos.

—Y, sobre todo, no hables de ese Anshel —insistió Ernst.

—No puedo hablar de mis amigos, no puedo usar mi propio nombre —dijo Pierrot, frustrado—. ¿Hay algo más que no pueda hacer?

—No, nada más —contestó Ernst con una sonrisa—. Tú sigue esas normas y un día de éstos te enseñaré a conducir.

—Vale —dijo Pierrot despacio, preguntándose si el chófer no estaría un poco pirado, lo cual no sería un gran atributo en un hombre que debía subir y bajar la ladera de una escarpada montaña varias veces al día al volante de un coche.

—Dos horas, entonces —concluyó Ernst cuando se apeaban.

Pierrot echó a andar, miró hacia atrás y vio como el chófer tocaba a su tía en el codo con gesto afectuoso, y luego cómo se miraban el uno al otro a los ojos, más que sonrientes, como si compartieran un instante de inquietud.

• • •

El pueblo estaba muy animado, y la tía Beatrix saludó a una serie de conocidos a medida que lo recorrían. Les presentaba a Pierrot y les contaba que ahora vivía con ella. Había un montón de soldados. Cuatro de ellos estaban sentados en la terraza de una taberna, fumando y bebiendo cerveza pese a lo temprano que era, y cuando vieron acercarse a Beatrix arrojaron los pitillos al suelo y se enderezaron en los asientos. Uno trató de poner el casco ante el vaso de cerveza para ocultarlo, pero era demasiado alto. La tía de Pierrot tuvo buen cuidado de evitar mirarlos al pasar, pero el niño no pudo sino sentirse intrigado por el revuelo de actividad que había provocado su llegada.

—¿Conoces a esos soldados?

—No —contestó Beatrix—, pero ellos a mí, sí. Les preocupa que denuncie que estaban bebiendo en vez de estar patrullando. Cuando el señor no está, siempre se relajan en el cumplimiento de su deber. —Llegaron ante el escaparate de una tienda de ropa, y añadió—: Es aquí. ¿A que tiene buena pinta este sitio?

Las siguientes dos horas fueron quizá las más aburridas de la vida de Pierrot. Beatrix insistió en que se probara la ropa tradicional de un niño alemán: camisas blancas y *Lederhosen*, sujetos por tirantes de cuero marrón, con calcetines blancos hasta la rodilla y por encima del pantalón. Luego fueron a una zapatería, donde le midieron los pies y se vio obligado a caminar de aquí para allá por la tienda mientras todos lo miraban. Después volvieron a la primera tienda, donde habían llevado a cabo algunos arreglos en las piezas de ropa escogidas, y tuvo que probárselo todo otra vez, prenda por prenda, y dar vueltas en el centro del local mientras su tía y la dependienta comentaban lo guapísimo que estaba.

Se sintió como un idiota.

—¿Podemos irnos ya? —preguntó cuando Beatrix pagaba la cuenta.

—Sí, claro. ¿Tienes hambre? ¿Comemos algo?

Pierrot no tuvo que pensárselo dos veces. Siempre tenía hambre, y cuando se lo hizo saber a Beatrix, ella soltó una carcajada.

—Igualito que tu padre —comentó.

Entraron en un café y pidieron sopa y sándwiches.

—¿Puedo preguntarte una cosa? —dijo Pierrot.

Su tía asintió.

—Sí, por supuesto.

—¿Por qué nunca viniste a vernos cuando yo era pequeño?

Beatrix se lo pensó un poco, pero esperó a que les hubiesen servido la comida antes de contestar.

—Tu padre y yo nunca estuvimos muy unidos de niños. Él era mayor y teníamos pocas cosas en común. Pero cuando se fue a luchar en la Gran Guerra lo eché mucho de menos. Siempre estaba preocupada por él. Nos mandaba cartas a casa, por supuesto, y unas veces tenían sentido, pero otras eran bastante incoherentes. Lo hirieron de gravedad, como ya sabrás...

—No —dijo Pierrot, sorprendido—. No lo sabía.

—Claro. Me pregunto por qué no te lo habrá contado nadie. Una noche, estaba en las trincheras cuando sufrieron el ataque de unos ingleses que consiguieron reducirlos. Los mataron a casi todos, pero tu padre se las apañó de algún modo para escapar, aunque le pegaron un tiro en el hombro que lo habría matado de haberle dado unos centímetros más a la derecha. Se ocultó cerca de allí, en el bosque, y vio a los soldados ingleses sacar a rastras de su escondrijo a un desafortunado muchacho, el último superviviente de la trinchera. Estuvieron discutiendo qué hacer con él hasta que uno de ellos se limitó a dispararle en la cabeza. Wilhelm consiguió llegar de alguna manera hasta las líneas alemanas, pero había perdido mucha sangre y deliraba. Se las arreglaron para hacerle un remiendo y mandarlo al hospital, donde pasó unas semanas. Podría haberse quedado allí, pero no: cuando estuvo mejor, insistió en volver al frente.

Miró a su alrededor para asegurarse de que nadie la oyera y bajó la voz hasta hablar casi en susurros.

—Creo que tanto sus heridas como lo que vio aquella noche le causaron un gran daño. Después de la guerra nunca volvió a ser el mismo. Rebosaba de ira y de odio hacia cualquiera que, según él, le hubiera costado la victoria a Alemania. Por eso nos enfadamos. Yo detestaba que fuera tan estrecho de miras, y él aseguraba que yo no sabía de qué hablaba porque no había sido testigo de ningún combate.

Pierrot frunció el ceño, tratando de entenderlo.

—Pero ¿no estabais en el mismo bando?

—Bueno, sí, en cierto sentido. Pero ahora no es el momento de tener esta conversación, Pieter. Quizá cuando seas mayor podré explicártelo todo mejor. Cuando entiendas un poco cómo funciona el mundo. Ahora tenemos que acabar de comer deprisa y volver. Ernst estará esperándonos.

—Pero su reunión no habrá terminado todavía.

Beatrix lo miró fijamente.

—No tenía ninguna reunión, Pieter —dijo un tanto enfadada. Era la primera vez que la oía hablar en ese tono—. Está esperando en el mismo sitio en que lo hemos dejado, allí estará cuando volvamos. ¿Entendido?

Pierrot asintió, un poco asustado.

—Vale —contestó, decidido a no volver a sacar el tema, aunque sabía muy bien qué había oído, y nadie lo convencería de lo contrario.

7

El sonido de las pesadillas

Unas semanas después, un sábado por la mañana Pierrot se despertó y oyó un gran revuelo en la casa. La criada mayor, Ute, cambiaba las sábanas en las camas y abría todas las ventanas para ventilar las habitaciones, mientras Herta corría como loca de aquí para allá, con la cara más colorada de lo habitual, barriendo los suelos para luego fregarlos armada de cubo y mocho.

—Hoy tendrás que prepararte tú mismo el desayuno, Pieter —dijo Emma, la cocinera, cuando el niño entró en la cocina.

Había bandejas de hornear por todas partes, y el repartidor debía de haber subido ya hasta la cima de la montaña porque sobre las encimeras había cajas de fruta y hortalizas frescas.

—Hay mucho que hacer y vamos justos de tiempo.

—¿Necesitas ayuda? —preguntó él, pues era una de esas mañanas en las que se sentía un poco solo y no soportaba la idea de quedarse sentado sin hacer nada el día entero.

—Necesito un montón de ayuda. —Fue la respuesta de Emma—. Pero de un profesional cualificado, no de un crío de siete años. Más tarde, tal vez puedas hacer algo para mí, pero, de momento, toma. —Cogió una manzana de una caja y se la lanzó—. Llévate esto ahí fuera. Te hará aguantar un ratito.

Volvió a salir al vestíbulo, donde encontró a la tía Beatrix de pie con una tablilla en la mano, en la que llevaba sujeta una lista que iba resiguiendo con un dedo mientras tachaba cosas.

—¿Qué está pasando? —quiso saber Pierrot—. ¿Por qué hay tanto ajetreo hoy?

—El señor y la señora van a llegar dentro de unas horas —explicó Beatrix—. Anoche recibimos un telegrama de Múnich, y nos pilló a todos desprevenidos. Por el momento, lo mejor será que te quites un poco de en medio. ¿Te has dado un baño?

—Me lo di anoche.

—Perfecto. Oye, ¿y si coges un libro y te sientas bajo un árbol? Al fin y al cabo, hace una preciosa mañana de primavera. Ah, por cierto... —Levantó los papeles de su tablilla, sacó un sobre y se lo tendió a Pierrot.

—¿Qué es? —preguntó él, sorprendido.

—Una carta —contestó Beatrix, y su tono fue severo.

—¿Una carta para mí?

—Sí.

Pierrot la miró con cara de asombro. No se le ocurría quién podía haberla escrito.

—Es de tu amigo, Anshel.

—¿Cómo lo sabes?

—Porque la he abierto, claro.

Pierrot frunció el ceño.

—¿Has abierto mi carta?

—Y menos mal que lo he hecho —contestó Beatrix—. Créeme cuando te digo que sólo intento velar por tus intereses.

Pierrot cogió la carta de manos de su tía y, en efecto, el sobre había sido rasgado en la parte superior para sacar el contenido y examinarlo.

—Tienes que contestarle —continuó Beatrix—. Hoy, preferiblemente, y decirle que no vuelva a escribirte nunca más.

Pierrot alzó la vista hacia ella, desconcertado.

—Pero ¿por qué iba a hacer una cosa así?

—Ya sé que debe de parecerte raro. Pero las cartas de ese... de ese Anshel podrían meterte en más líos de los que crees. Y a mí también. Si se llamara Franz o Heinrich o Martin no tendría importancia. Pero ¿Anshel? —Negó con la cabeza—. Aquí no va a sentar nada bien que recibas cartas de un niño judío.

Hubo un altercado tremendo justo antes de mediodía, cuando Pierrot daba patadas a una pelota en el jardín y la tía Beatrix salió y se encontró a Ute y Herta sentadas en un banco en la parte de atrás de la casa, fumando y cotilleando mientras observaban al niño.

—Miraos, las dos ahí sentadas —dijo la tía Beatrix, indignada— cuando los espejos están por limpiar, la chimenea del salón está asquerosa y nadie ha bajado aún las alfombras buenas del desván.

—Sólo nos tomábamos un pequeño descanso —contestó Herta con un suspiro—. No podemos trabajar las veinticuatro horas del día, ¿sabes?

—¡No es verdad! Según Emma, lleváis aquí media hora tomando el sol.

—Emma es una chivata —soltó Ute, y cruzó los brazos con gesto desafiante y miró hacia las montañas.

—Nosotras también podríamos contarte cosas sobre Emma —añadió Herta—. Como adónde van a parar los huevos y cómo desaparecen cada dos por tres las tabletas de chocolate de la despensa. Por no mencionar lo que se trae entre manos con Lothar, el lechero.

—No me interesan los chismes —respondió Beatrix—. Sólo necesito asegurarme de que todo quede hecho antes de que llegue el señor. Francamente, con vuestro comportamiento, a veces tengo la sensación de estar a cargo de un parvulario.

—Bueno, pues eres tú quien ha traído a un crío a esta casa, no nosotras —soltó Herta.

Se hizo un largo silencio mientras Beatrix la miraba furibunda.

Pierrot se acercó, intrigado por ver quién saldría ganando en aquel intercambio, pero cuando su tía lo vio ahí de pie, le señaló la casa.

—Ve dentro, Pieter. Tienes que ordenar tu habitación.

—Muy bien —contestó él, pero en cuanto dobló la esquina se quedó escondido para oír el resto de la conversación.

—Bueno, ¿qué acabas de decir? —preguntó Beatrix, volviéndose de nuevo hacia Herta.

—Nada —contestó la muchacha, mirándose los pies.

—¿Tienes idea de lo que ha pasado ese niño? Primero su padre se marcha y acaba muerto bajo las ruedas de un tren. Luego su madre fallece de tuberculosis, y al pobre crío lo mandan a un orfanato. ¿Acaso ha causado el más mínimo problema desde que llegó aquí? ¡No! ¿Ha sido otra cosa que amable y simpático, pese al hecho de que aún estará muy triste? ¡No! La verdad, Herta, habría esperado un poco más de compasión por tu parte. Tampoco es que tú hayas tenido una vida fácil, ¿no? Deberías comprender por lo que está pasando ese crío.

—Lo siento —murmuró Herta.

—No te oigo.

—He dicho que lo siento —dijo Herta un poco más alto.

—Lo siente —confirmó Ute.

Beatrix asintió.

—De acuerdo —dijo en un tono un tanto más conciliador—. Pero ya está bien de estos comentarios tan desagradables... Y, desde luego, se acabó lo de andar sin hacer nada. No querréis que el señor se entere de todo esto, ¿verdad?

Las dos chicas se pusieron en pie de un salto al oírla decir aquello y apagaron los pitillos con el zapato antes de alisarse el delantal.

—Voy a sacar brillo a los espejos —dijo Herta.

—Y yo limpiaré la chimenea —añadió Ute.

—Muy bien —concluyó Beatrix—. Yo misma me ocuparé de las alfombras. Ahora, daos prisa... No tardarán en llegar, y quiero que todo esté perfecto.

112

Cuando echó a andar hacia la casa, Pierrot entró corriendo y cogió una escoba que había en el vestíbulo para llevársela a su habitación.

—Pieter, cariño —dijo Beatrix—, sé buen chico y tráeme la rebeca de mi armario, ¿quieres?

—Claro —contestó él.

Volvió a apoyar la escoba en la pared y recorrió el pasillo hasta el fondo. Sólo había estado una vez en la habitación de su tía, cuando ella le enseñó la casa durante su primera semana allí, y no le había parecido muy interesante, pues contenía más o menos las mismas cosas que la suya: una cama, un armario, una cómoda, una jarra y una palangana, aunque era con mucho la mayor de las dependencias del servicio.

Abrió el armario y cogió la rebeca, pero cuando ya se iba advirtió algo que no había visto en su primera visita. Colgada en la pared, había una fotografía enmarcada de sus padres, cogidos del brazo y sosteniendo a un bebé envuelto en una mantita. Émilie esbozaba una amplia sonrisa, pero Wilhelm parecía abatido y el bebé —que era él, por supuesto— estaba sumido en un sueño profundo. Había una fecha en la esquina derecha, «1929», y el nombre del fotógrafo: «Matthias Reinhardt, Montmartre.» Sabía exactamente dónde estaba Montmartre. Recordaba haber estado en los peldaños del Sacré-Cœur mientras su madre le contaba que había ido allí de niña, en 1919, justo al acabar la Gran Guerra, para ver al cardenal Amette consagrar la basílica. Adoraba pasear por el mercadillo de antigüedades y observar a los artistas que pintaban en las calles; a veces, sus padres y él pasaban la tarde entera vagando por ahí, tomando algún tentempié cuando tenían hambre, para luego desandar el camino hasta casa. Era un lugar en el que habían sido una familia feliz, cuando su padre todavía no estaba tan perturbado como llegaría a estarlo, cuando su madre aún no había caído enferma.

Al salir de la habitación, Pierrot no consiguió encontrar a Beatrix por ninguna parte, y cuando la llamó a gritos, su tía apareció corriendo procedente del salón.

—¡Pieter! —exclamó Beatrix—. ¡No vuelvas a hacer eso nunca más! En esta casa no se toleran carreras ni gritos. El señor no soporta el ruido.

—Aunque él sí que suele armar bastante —añadió Emma, que salió de la cocina secándose las manos mojadas con un trapo—. No le importa cogerse un berrinche siempre que le apetece, ¿eh? Cuando las cosas no van bien, grita hasta quedarse ronco.

Beatrix se volvió en redondo y miró a la cocinera como si hubiera perdido la chaveta.

—Un día de éstos, esa lengua tuya va a meterte en un lío bien gordo.

—Tú no estás por encima de mí —respondió Emma, señalándola con el dedo—, así que no actúes como si así fuera. Cocinera y ama de llaves están al mismo nivel.

—No pretendo estar por encima de ti, Emma —dijo Beatrix con un tono de agotamiento que sugería que ya había aguantado antes esa conversación—. Sólo quiero que entiendas hasta qué punto pueden ser peligrosas tus palabras. Piensa lo que quieras, pero no digas esas cosas en voz alta. ¿Soy la única persona en esta casa que da muestras de sensatez?

—Yo hablo como me sale. Siempre lo he hecho y siempre lo haré.

—Vale. Pues háblale así a la cara al señor y ya veremos qué consigues.

Emma soltó un bufido, pero la expresión de su rostro reveló que no pensaba hacer semejante cosa. A Pierrot empezó a preocuparle el señor de la casa. Todos parecían tenerle miedo. Y sin embargo, había tenido la amabilidad de permitirle a él vivir allí. Todo aquello lo dejaba muy confundido.

—¿Dónde está el niño? —preguntó Emma, mirando a su alrededor.

—Estoy aquí —dijo Pierrot.

—Ah, estás aquí. Nunca te encuentro cuando te necesito, será por lo pequeñajo que eres. ¿No te parece que va siendo hora de que crezcas un poco?

—Déjalo en paz, Emma —intervino Beatrix.

—Lo digo sin mala intención. Me recuerda a aquellos... —Se dio una palmada en la frente, tratando de recordar la palabra—. ¿Cómo se llamaban los pequeñines de aquel libro?

—¿Qué pequeñines? —preguntó Beatrix—. ¿De qué libro hablas?

—¡Ay, ya sabes! —insistió Emma—. El de aquel hombre que llega a la isla y es un gigante comparado con ellos, de modo que lo atan y...

—Liliputienses —dijo Pierrot, interrumpiéndola—. Salen en *Los viajes de Gulliver*.

Las dos mujeres lo miraron con cara de sorpresa.

—¿Cómo sabes tú eso? —preguntó Beatrix.

—Lo he leído —contestó el niño, encogiéndose de hombros—. Mi amigo Ansh... —Se corrigió—: El niño que vivía debajo de mi casa, en París, tenía un ejemplar. Y en la biblioteca del orfanato también había uno.

—Ya está bien de darte aires —soltó Emma—. A ver, antes te he dicho que a lo mejor tenía un trabajo para ti más tarde, y lo tengo. No eres muy remilgado, ¿no?

Pierrot miró a su tía, preguntándose si debería ir con ella, pero Beatrix se limitó a cogerle la rebeca de las manos y a decirle que siguiera a Emma. Cuando cruzaron la cocina, olió el maravilloso aroma de los pasteles que llevaban horneándose desde primera hora —una mezcla de huevos, azúcar y toda clase de frutas— y miró con ansia la mesa, donde las bandejas se habían cubierto con trapos para ocultar sus tesoros.

—Ni se mira ni se toca —advirtió Emma, señalándolo con un dedo—. Si vuelvo y me encuentro con que falta algo, sabré quién es el culpable. Lo tengo todo contado, Pieter, no lo olvides.

Salieron al patio trasero y Pierrot miró a su alrededor.

—¿Los ves? —preguntó la cocinera, señalando los pollos en el gallinero.

—Sí.

—Pues echa un vistazo y dime qué dos te parecen los más gordos.

Pierrot se acercó y los examinó con atención. Había más de una docena apiñados: unos muy quietos, otros ocultándose detrás de los primeros y unos cuantos picoteando el suelo.

—Ése —dijo, indicando con la cabeza un pollo sentado y con pinta de estar tan poco entusiasmado ante la vida como puede llegar a estarlo un pollo; luego, señalando otro que correteaba de aquí para allá sembrando un gran revuelo, añadió—: Y ese otro.

—Vale, muy bien —respondió Emma.

Lo apartó de un codazo y abrió el pasador del gallinero. Los pollos empezaron a soltar chillidos, pero ella metió las manos a toda prisa y, cogiéndolos por las patas, sacó los dos que había elegido Pierrot; luego se incorporó y los sostuvo cabeza abajo, uno en cada mano.

—Cierra eso —dijo la cocinera, indicando el gallinero con la cabeza.

Pierrot obedeció.

—Muy bien. Ahora, ven conmigo. A los demás no les hace falta ver lo que ocurrirá a continuación.

Pierrot se apresuró a doblar la esquina tras ella, preguntándose qué demonios iba a hacer. Aquello era lo más interesante que había pasado en varios días, desde luego. Quizá iban a jugar a algo con los pollos o a organizar una carrera entre ellos para averiguar cuál era el más rápido.

—Sujétame éste.

Emma le tendió el más tranquilo a Pierrot, que lo sostuvo por las patas tan lejos de su cuerpo como pudo. El animal no paraba de volver la cabeza para mirarlo, pero el niño se retorcía para que no llegara a darle un picotazo.

—¿Y ahora qué pasa? —preguntó al ver que Emma ponía su pollo de lado sobre un tocón que le llegaba a la cintura y lo sostenía con firmeza por el cuerpo.

—Esto —contestó ella. Con la otra mano, cogió un hacha pequeña, la alzó y la dejó caer con un movimiento rápido y eficaz para cortar la cabeza del pollo, que cayó al suelo. Una vez decapitado, el cuerpo empezó a correr en círculos frenéticos, hasta que por fin se desplomó, muerto.

Pierrot contempló la escena horrorizado y sintió que el mundo empezaba a dar vueltas. Tendió una mano para apoyarse en el tocón, pero sus dedos aterrizaron en un charco de sangre de pollo y soltó un grito, cayó al suelo y dejó escapar al animal que sujetaba. Éste, tras haber presenciado el inesperado final de su amigo, tomó la sensata decisión de correr de vuelta al gallinero lo más deprisa posible.

—Levántate, Pieter —ordenó Emma, pasando a su lado con decisión—. Como vuelva el señor y te encuentre ahí tirado de esa manera, te hará picadillo.

Para entonces, brotaba una cacofonía tremenda del gallinero, y el pollo que había quedado fuera y trataba de entrar era presa del pánico. Los demás lo miraban y chillaban, pero nada podían hacer, por supuesto. Antes de que supiera qué pasaba, el animal ya tenía encima a Emma, que lo cogió por las patas y fue con él hasta el tocón, donde, al cabo de un instante, corrió la misma suerte truculenta que su compañero. Incapaz de apartar la mirada, Pierrot notó que se le revolvía el estómago.

—Como vomites sobre ese pollo y lo eches a perder —advirtió Emma blandiendo el hacha—, tú serás el siguiente. ¿Me has oído?

Pierrot se puso en pie, vacilante, observó la carnicería que lo rodeaba —las cabezas de los dos pollos sobre la hierba, las salpicaduras de sangre en el delantal de Emma— y corrió de vuelta a la casa, entró y cerró de un portazo. Cuando cruzó la cocina y regresó a toda prisa a su habitación, aún oía la risa de Emma mezclándose con la algarabía de los pollos, hasta que se fundieron en un solo sonido: el sonido de las pesadillas.

Pierrot pasó casi toda la hora siguiente tumbado en la cama, escribiéndole una carta a Anshel sobre lo que acababa de presenciar. Por supuesto, en los escaparates de las carnicerías de París había visto cientos de veces pollos sin cabeza colgando. Y en ocasiones, cuando tenía un poco de dinero de más, su madre llevaba uno a casa y se sentaba a la mesa de la cocina a desplumarlo, y le contaba que si lo racionaban, solucionarían las cenas de una semana entera gracias al ave en cuestión. Pero nunca había sido testigo de cómo mataban uno.

«Alguien tiene que matarlos, claro», reflexionó. Pero la idea de la crueldad en sí no le gustaba. Detestaba la violencia desde que le alcanzaba la memoria y se había alejado siempre de las confrontaciones de manera instintiva. En la escuela de París había niños que se peleaban ante la menor provocación, y parecían disfrutar al hacerlo. Cuando dos de ellos levantaban los puños y se plantaban frente a frente, los demás formaban un corro alrededor, ocultándolos de los maestros, y los incitaban a seguir peleando. Pierrot, sin embargo, nunca observaba las peleas; no entendía que a la gente le produjera tanto placer hacer daño a los demás.

Y eso, le escribía a Anshel, podía aplicarse también a los pollos.

No comentó gran cosa sobre lo que su amigo le había contado en su carta: que las calles de París se habían vuelto más peligrosas para un niño como él; que habían roto a pedradas el escaparate de la panadería del señor Goldblum y pintado la palabra «*Juden!*» en la puerta; que tenía que bajarse de la acera y esperar en la cuneta siempre que un no judío se acercaba en dirección contraria. Pierrot no comentó nada de todo aquello porque lo inquietaba pensar que estuvieran insultando e intimidando a su amigo. Al final de la carta le decía que debían adoptar un código especial para escribirse en el futuro.

¡No podemos permitir que nuestra correspondencia caiga en manos enemigas! Así que, a partir de ahora, Anshel, no volveremos a firmar las cartas con nuestros nombres. Lo que haremos será utilizar los nombres que nos pusimos el uno al otro cuando vivíamos juntos en París. Tú debes usar el signo del zorro, y yo, el del perro.

Cuando volvió a bajar, permaneció todo lo alejado que pudo de la cocina, pues no quería saber qué andaría haciendo Emma con los cuerpos de las aves muertas. Encontró a su tía cepillando los cojines del sofá en la sala de estar, desde donde había una vista maravillosa del Obersalzberg. En las paredes pendían dos banderas: largas tiras de un rojo como el de un camión de bomberos con círculos blancos en el centro y con esas cruces como hélices, que resultaban impresionantes y daban miedo al mismo tiempo. Siguió adelante sin hacer ruido, pasando de largo ante Ute y Herta, que llevaban bandejas con vasos limpios a los dormitorios principales, y se detuvo al final del pasillo, preguntándose qué hacer.

Las dos puertas a su izquierda estaban cerradas, de modo que entró en la biblioteca y empezó a recorrer las estanterías leyendo los títulos de los libros. Se llevó una leve decepción, pues ninguno de ellos parecía tan bueno como *Emil y los detectives*. Casi todos eran volúmenes de historia y biografías de gente muerta. En un estante había diez o doce ejemplares del mismo libro, escrito por el señor en persona. Cogió uno, lo hojeó y volvió a ponerlo en su sitio.

Finalmente, su atención se centró en la mesa que había en medio de la habitación, un gran escritorio rectangular con un mapa abierto encima y sujeto en las cuatro esquinas por piedras macizas y lisas. Lo observó y reconoció el continente europeo.

Se inclinó, posó el índice en el centro y le costó bastante poco encontrar Salzburgo, pero fue incapaz de localizar Berchtesgaden, el pueblo que había al pie de la montaña. Movió el dedo hacia el oeste, pasando por Zúrich y Basilea, hasta llegar a Francia, y una vez allí lo deslizó hacia París. Sintió una enorme añoranza de su hogar, de sus padres, cerró los ojos y recordó haber estado tendido en la hierba del Champ-de-Mars, con Anshel a su lado y *D'Artagnan* corriendo alrededor en busca de olores insólitos.

Tan enfrascado estaba en sus ensoñaciones que no oyó cómo se precipitaba la gente al exterior, ni el ruido del coche que se detuvo en el sendero, ni la voz de Ernst cuando abría las puertas para que se apearan los pasajeros. Tampoco oyó las palabras de bienvenida ni el sonido de las botas que recorrían el pasillo hacia él.

Sólo se dio la vuelta cuando se dio cuenta de que alguien lo observaba. Había un hombre de pie en el umbral: no era muy alto, pero llevaba un pesado abrigo gris y una gorra militar bajo el brazo, y lucía un bigotito sobre el labio superior. Pierrot lo miraba con fijeza mientras se quitaba los guantes lenta y metódicamente, tironeando de los dedos uno por uno. El corazón le dio un vuelco; lo reconoció al instante, por el retrato que había en su habitación.

El señor.

Recordó las instrucciones que la tía Beatrix le había dado montones de veces desde su llegada y trató de seguirlas al pie de la letra. Se irguió en toda su estatura, juntó los pies e hizo entrechocar los talones una vez, deprisa y con un ruido bien audible. Su brazo derecho salió disparado en el aire, con los cinco dedos señalando al frente justo por encima de la altura del hombro. Por último, con la voz más clara y el tono más convincente del que fue capaz, pronunció a pleno pulmón las dos palabras que llevaba practicando sin parar desde que estaba en el Berghof:

—*Heil, Hitler!*

SEGUNDA PARTE

1937-1941

8

El paquete de papel de estraza

Pierrot llevaba casi un año viviendo en el Berghof cuando el Führer le hizo un regalo.

Ya tenía ocho años y, a pesar de la estricta rutina cotidiana que le imponían, disfrutaba mucho de la vida en lo alto del Obersalzberg. Cada mañana se levantaba a las siete en punto y corría al cobertizo exterior a coger el saco de comida para las gallinas, una mezcla de grano y semillas, que vertía entonces en el comedero para que las aves desayunaran. Después se dirigía a la cocina, donde Emma le preparaba un cuenco de fruta y cereales. Acto seguido se daba un baño de agua fría.

Ernst lo llevaba a la escuela en Berchtesgaden cinco días por semana. Como era el nuevo de la clase y todavía hablaba con un ligero acento francés, algunos niños se burlaban de él, aunque la niña que se sentaba a su lado, Katarina, nunca lo hacía.

—No dejes que te acosen, Pieter —le dijo—. Los matones son lo que más odio del mundo. No son más que unos cobardes, sólo eso. Tienes que pararles los pies siempre que puedas.

—Pero están por todas partes —contestó Pierrot, y le contó lo del niño parisino que lo llamaba siempre Le Petit y la forma en que lo había tratado Hugo en el orfanato de las hermanas Durand.

—Pues tú ríete de ellos y ya está —insistió Katarina—. Deja que sus palabras te resbalen.

Pierrot esperó unos instantes antes de decir lo que de verdad tenía en la cabeza:

—¿Nunca piensas que estaría mucho mejor ser matón que víctima? Al menos así nadie podría hacerte daño.

Katarina se volvió para mirarlo con asombro.

—No —contestó muy convencida—. No, Pieter, nunca lo pienso. Ni por un instante.

—No —se apresuró a decir él, apartando la vista—. Yo tampoco.

A media tarde podía corretear cuanto quisiera por la montaña, y como solía hacer buen tiempo a esa altitud, con aquel aire fresco y tonificante lleno de aroma a pino, muy rara vez pasaba un día sin salir. Trepaba a los árboles y se internaba en el bosque, alejándose mucho de la casa para después buscar el camino de vuelta guiándose tan sólo por sus huellas, el cielo y su conocimiento del terreno.

Ya no pensaba en su madre tanto como antes, aunque su padre aparecía en ocasiones en sus sueños, siempre de uniforme y a menudo con un rifle colgado al hombro. También se había vuelto menos cumplidor en sus respuestas a Anshel, quien ahora firmaba todas las cartas dirigidas al Berghof con el símbolo que había

126

sugerido Pierrot, el del zorro, en lugar de con su nombre. Cada día que pasaba sin que hubiera escrito, Pierrot se sentía culpable por fallar a su amigo, pero lo cierto era que cuando leía las cartas de Anshel y se enteraba de las cosas que estaban pasando en París, descubría que no se le ocurría nada que decir.

El Führer no iba con mucha frecuencia al Obersalzberg, pero siempre que anunciaba su llegada se desataba el pánico y había un montón de trabajo que hacer. Ute había desaparecido una noche sin despedirse siquiera y la había sustituido Wilhelmina, una muchacha un tanto boba que soltaba risitas todo el rato y salía corriendo hacia otra habitación siempre que se acercaba el señor. Pierrot se fijó en que Hitler se la quedaba mirando fijamente de vez en cuando, y Emma, que llevaba de cocinera en el Berghof desde 1924, creía saber el motivo.

—Cuando llegué aquí, Pieter —le contó una mañana durante el desayuno, en voz baja y tras haber cerrado la puerta—, esta casa no se llamaba el Berghof. No, ese nombre se le ocurrió al señor. Al principio se llamaba Haus Wachenfeld y era la casa de veraneo de una pareja de Hamburgo, los Winter. Sin embargo, cuando Herr Winter murió, su viuda empezó a alquilarla a la gente que venía de vacaciones. Para mí fue terrible, porque cada vez que venía alguien nuevo tenía que averiguar qué clase de comida le gustaba. Recuerdo la primera vez que Herr Hitler se alojó aquí, en 1928, con Angela y Geli...

—¿Quiénes? —preguntó Pierrot.

—Su hermana y su sobrina. Angela ocupó durante un tiempo el puesto que tu tía ocupa ahora. Vinieron a pasar aquel verano, y Herr Hitler, pues entonces era Herr Hitler, claro, y no el Führer, me informó de que no comía carne. Jamás había oído nada semejante, me pareció rarísimo. Pero con el tiempo aprendí a prepararle sus platos preferidos, y por suerte no impidió que los demás comiéramos lo que más nos gustara.

Casi a modo de respuesta, Pierrot oyó chillar a los pollos en el jardín trasero, como pidiendo que el Führer impusiera sus criterios alimenticios a todos.

—Angela era una mujer de armas tomar —continuó Emma mirando a través de la ventana mientras recordaba lo ocurrido nueve años atrás—. Ella y el señor discutían constantemente, y el motivo parecía ser siempre Geli, la hija de Angela.

—¿Tenía mi edad? —quiso saber Pierrot, que imaginó a una niñita correteando cada día por la cima de la montaña como hacía él. Eso le hizo pensar que sería buena idea invitar algún día a Katarina.

—No, era mucho mayor. Rondaba los veinte, diría yo. Durante un tiempo, estuvo muy unida al señor. Demasiado, quizá.

—¿Qué quieres decir?

Emma titubeó un instante y luego negó con la cabeza.

—No importa. No debería hablar de estas cosas, y menos contigo.

—Pero ¿por qué no? —preguntó Pierrot, más interesado incluso—. Por favor, Emma. Te prometo que no se lo contaré a nadie.

La cocinera exhaló un suspiro y él advirtió que se moría por cotillear.

—Vale —dijo Emma por fin—. Pero como digas una sola palabra de lo que voy a contarte...

—No diré nada.

—El caso, Pieter, es que en aquella época el señor ya era el líder del Partido Nacionalsocialista, que conseguía cada vez más escaños en el Reichstag. Estaba formando un ejército de seguidores, y a Geli le gustaba que le prestara tanta atención. Hasta que se aburrió de él, claro. Sin embargo, aunque ella había perdido todo el interés, el señor continuaba adorándola y la seguía a todas partes. Y entonces Geli se enamoró de Emil, el chófer del Führer en aquel entonces, y se armó un lío tremendo. Al pobre Emil lo despidieron... Tuvo suerte de huir con vida. Geli quedó desconsolada y Angela se puso furiosa, pero el Führer se negó a dejarla marchar. Insistía en que Geli lo acompañara a todas partes, y la pobre chica se fue volviendo más retraída y desdichada. Creo que el motivo de que el Führer mire tanto a Wilhelmina es que le recuerda a Geli. Se parecen mucho. La cara ancha y redonda. Los mismos ojos oscuros y hoyuelos en las mejillas. La misma cabeza hueca. La verdad, Pieter, es que el día que llegó me pareció estar viendo un fantasma.

Pierrot le dio vueltas a todo aquello mientras Emma volvía a sus fogones. Sin embargo, cuando el chico hubo lavado el cuenco y la cuchara para dejarlos de nuevo en el aparador, se volvió y preguntó una cosa más.

—¿Un fantasma? ¿Por qué, qué le pasó?

Emma soltó un suspiro y negó con la cabeza.

—Se fue a Múnich. Él la llevó allí porque se negaba a perderla de vista. Y un día, cuando la dejó sola en su piso en la Prinzregentenplatz, la muchacha entró en el dormitorio del Führer, cogió una pistola del cajón y se disparó en el corazón.

Eva Braun casi siempre acompañaba al Führer cuando visitaba el Berghof, y Pierrot tenía instrucciones estrictas de llamarla «*Fräulein*» en todo momento. Era una mujer alta de poco más de veinte años, pelo rubio y ojos azules, y siempre vestía muy a la moda. Pierrot nunca la había visto llevar dos veces la misma ropa.

—Puedes llevarte todo esto de aquí —le dijo una vez a Beatrix, antes de marcharse tras un fin de semana en el Obersalzberg, abriendo de par en par los armarios y pasando la mano por todos los vestidos y las blusas que colgaban en ellos—. Son de la temporada pasada. Los diseñadores de Berlín han prometido mandarme muestras de sus nuevas colecciones.

—¿Se los doy a los pobres? —propuso Beatrix.

Eva negó con la cabeza.

—No sería apropiado que cualquier mujer alemana, rica o pobre, llevara un vestido que ha estado antes en contacto con mi piel. No, limítate a arrojarlos todos a la incineradora de la parte de atrás junto con el resto de la basura. Ya no me sirven de nada. Quémalos y ya está, Beatrix.

Eva no prestaba mucha atención a Pierrot —muchísima menos que el Führer, desde luego—, pero, a veces, cuando se cruzaban en un pasillo, le revolvía el pelo o le hacía cosquillas bajo la barbilla, como si fuera un spaniel, y le decía «Pieter, mi dulce pequeñín» o «eres un angelito», comentarios que a él lo avergonzaban. No le gustaba que lo tomaran por tonto y estaba convencido de que Eva seguía sin saber si trabajaba para ellos, si era un inquilino poco grato o si se trataba de una simple mascota.

La tarde en que el Führer le hizo el regalo, Pierrot estaba en el jardín, no muy lejos de la casa principal, tirándole un palo a *Blondi*, la pastor alemán de Hitler.

—¡Pieter! —lo llamó Beatrix, que había salido y le hacía señas—. ¡Pieter, ven, por favor!

—¡Estoy jugando! —exclamó él como respuesta mientras recogía el palo que acababa de llevarle *Blondi* para volvérselo a tirar.

—¡Ahora, Pieter! —insistió Beatrix.

El niño soltó un gruñido y se acercó a ella.

—Tú y esa perra... Siempre que te necesito, no tengo más que seguir el sonido de sus ladridos.

—*Blondi* adora estar aquí arriba —contestó Pierrot, sonriendo de oreja a oreja—. ¿Crees que podría preguntar al Führer si puede dejarla aquí todo el tiempo en lugar de llevársela a Berlín?

—Yo que tú no lo haría —respondió Beatrix, negando con la cabeza—. Ya sabes lo unido que está a su perra.

—Pero a *Blondi* le encanta la montaña. Y por lo que he oído, en la sede del partido siempre está encerrada en las salas de reuniones y no la sacan a jugar. Ya has visto cómo se emociona cuando llega en el coche, y cómo baja de un salto.

—Por favor, no se lo preguntes. No andamos pidiéndole favores al Führer.

—Pero ¡no es para mí! —insistió Pierrot—. Es para *Blondi*. Al Führer no le importará. Creo que si soy yo quien se lo dice...

—Os habéis hecho amigos, ¿verdad? —lo interrumpió Beatrix. Hubo un dejo de ansiedad en su tono.

—¿*Blondi* y yo?

—Herr Hitler y tú.

—¿No deberías llamarlo «el Führer»?

—Claro, eso quería decir. Pero tengo razón, ¿no? Pasas mucho tiempo con él cuando está aquí.

Pierrot le dio vueltas a aquello, y abrió mucho los ojos cuando comprendió por qué.

—Me recuerda a Padre —dijo—. Por la forma en la que habla de Alemania, de su destino y su pasado. Por lo orgulloso que se siente de su pueblo. Padre también solía hablar así.

—Pero él no es tu padre —terció Beatrix.

—No, no lo es —admitió Pierrot—. Él no se pasa la noche entera bebiendo, al fin y al cabo. Lo que hace es trabajar. Por el bien de los demás, por el futuro de la Patria.

Beatrix clavó la vista en él y negó con la cabeza; luego miró hacia las cumbres. A Pierrot le pareció que debía de sentir frío de repente, pues se estremeció y se rodeó el cuerpo con los brazos.

—Bueno —concluyó él, preguntándose si podía ir de nuevo a jugar con *Blondi*—. ¿Me necesitabas para algo?

—No. Es él quien te necesita.

—¿El Führer?

—Sí.

—¡Tendrías que haberlo dicho antes! —exclamó Pierrot, y pasó corriendo ante su tía en dirección a la casa, temiendo haberse metido en problemas—. ¡Ya sabes que nunca hay que hacerlo esperar!

Cruzó el pasillo a toda prisa hacia el estudio del señor y a punto estuvo de chocar con Eva, que salía de una de las habitaciones. Ella lo agarró de los hombros y le hundió tanto los dedos que lo hizo retorcerse.

—Pieter, ¿no te he pedido que no corras por la casa?

—El Führer quiere verme —respondió Pierrot, tratando de liberarse.

—¿Te ha llamado él?

—Sí.

—Muy bien —dijo Eva, y alzó la vista hacia el reloj de pared—. Pero no lo entretengas mucho, ¿de acuerdo? La cena no tardará en servirse, y quiero que antes oiga unos discos nuevos que tengo. La música siempre lo ayuda a hacer la digestión.

Pierrot se escabulló, llamó a la gran puerta de roble y esperó a oír una voz que lo autorizara a entrar. Cuando cerró la puerta se dirigió a buen paso hasta el escritorio, hizo entrechocar los talones como tantas otras veces durante los últimos doce meses y ofreció el saludo con el brazo. Aquel saludo que lo hacía sentir tan importante.

—*Heil, Hitler!* —exclamó a pleno pulmón.

—Ah, aquí estás, Pieter —dijo el Führer; tapó la pluma y rodeó el escritorio—. Por fin.

—Lo siento, *mein* Führer. Me he retrasado.

—¿Cómo es eso?

Pierrot titubeó.

—Bueno, alguien me ha entretenido ahí fuera.

—¿Alguien? ¿Quién?

Pierrot abrió la boca, con las palabras a punto de brotar de ella, pero lo inquietaba tener que pronunciarlas. No quería meter en líos a su tía. Aunque por otra parte, se dijo, ella tenía la culpa de su retraso, por no haberle transmitido el mensaje más deprisa.

—No tiene importancia —dijo entonces Hitler—. Ya estás aquí. Siéntate, por favor.

Pierrot se sentó en el borde del sofá, muy tieso, y el Führer ocupó una butaca frente a él. Se oyó el ruido de unos arañazos al otro lado de la puerta y Hitler miró hacia ella.

—Puedes dejarla entrar —dijo.

Pierrot se levantó de un salto y abrió la puerta; *Blondi* entró trotando en busca de su dueño y fue a tenderse a sus pies con un bostezo extenuado.

—Buena chica —dijo él, dándole unas palmaditas—. ¿Lo estabais pasando bien ahí fuera?

—Sí, *mein* Führer.

—¿A qué jugabais?

—Le tiraba un palo, *mein* Führer.

—Se te dan muy bien los perros, Pieter. Yo, por lo visto, soy incapaz de educarla. No consigo imponerle disciplina, he ahí el problema. Soy demasiado compasivo.

—Es una perra muy inteligente, así que no es tan difícil —dijo Pierrot.

—Es de una raza inteligente —matizó Hitler—. Su madre también era muy lista. ¿Has tenido un perro alguna vez, Pieter?

—Sí, *mein* Führer. *D'Artagnan.*

Hitler sonrió.

—Por supuesto. Uno de los tres mosqueteros de Dumas.

—No, *mein* Führer.

134

—¿No?

—No, *mein* Führer —repitió Pierrot—. Los tres mosqueteros eran Athos, Porthos y Aramis. D'Artagnan no era más que... Bueno, sólo era uno de sus amigos. Aunque hacía el mismo trabajo.

Hitler sonrió.

—¿Cómo sabes todo eso?

—A mi madre le gustaba mucho ese libro. Ella le puso ese nombre cuando era un cachorro.

—Y ¿de qué raza era?

—No estoy seguro —contestó Pierrot, frunciendo el ceño—. Parecía una mezcla de varias.

El Führer puso cara de asco.

—Prefiero las razas puras. ¿Sabes que un pueblerino de Berchtesgaden —comentó casi riendo ante la ridiculez de semejante idea— me preguntó si permitiría que su chucho se cruzara con *Blondi* para tener cachorros? Su petición me pareció tan audaz como repugnante. Jamás permitiría que una perra como *Blondi* mancillara su línea de sangre retozando con una de esas criaturas despreciables. ¿Dónde está ahora tu perro?

Pierrot abrió la boca para explicar que madame Bronstein y Anshel se habían quedado con *D'Artagnan* tras la muerte de su madre, pero recordó las advertencias de Beatrix y Ernst sobre no mencionar el nombre de su amigo en presencia del señor.

—Murió —contestó con la vista fija en el suelo, confiando en que aquella mentira no se le viera en la cara. Detestaba la idea de que el Führer lo pillara faltando a la verdad y dejara de confiar en él.

—Adoro a los perros —continuó Hitler, sin expresarle su condolencia—. Mi favorito fue un pe-

135

queño Jack Russell blanco y negro que desertó del ejército inglés durante la guerra y se pasó al bando alemán.

Pierrot alzó la mirada con una expresión de escepticismo en el rostro; la idea de un desertor canino le parecía improbable, pero el Führer sonrió y meneó un dedo.

—Crees que hablo en broma, Pieter, pero te aseguro que no es así. Mi pequeño Jack Russell, al que llamaba *Fuchsl* porque parecía un zorrito, era una mascota de los ingleses. El caso es que solían tener perros no muy grandes en las trincheras, una crueldad por su parte. Unos servían de mensajeros; otros, de detectores de mortero, pues un perro puede oír el sonido de la llegada de los proyectiles mucho antes que un humano. Los perros han salvado muchas vidas gracias a esa habilidad. Y también son capaces de oler gases como el cloro o el mostaza, y alertar a sus amos. Bueno, pues resulta que el pequeño *Fuchsl* echó a correr una noche hacia la tierra de nadie... Debía de ser el año... ay, deja que lo piense... sí, 1915. Ese perro se abrió paso entre el fuego de artillería sin que lo alcanzaran y aterrizó con un salto de acróbata en la trinchera en la que yo estaba apostado. ¿Puedes creerlo? Y desde el instante en que cayó en mis brazos, no volvió a apartarse de mi lado durante los dos años siguientes. Era muy fiel, me mostró una lealtad a toda prueba, más que ningún humano que haya conocido.

Pierrot trató de imaginar al perrito corriendo a través del campo de batalla, esquivando balas, con las pezuñas resbalando en los miembros cercenados y las entrañas desparramadas de los dos ejércitos. Había oído antes historias como ésa de boca de su padre, y pensar en esas cosas le revolvía un poco el estómago.

—Y ¿qué le pasó? —quiso saber.

El rostro del Führer se ensombreció.

—Me lo arrebataron, fui víctima de un robo infame —contestó en voz baja—. En agosto de 1917, en una estación de tren a las afueras de Leipzig, un ferroviario me ofreció doscientos marcos por *Fuchsl*, y le dije que jamás lo vendería, ni siquiera por mil veces esa cantidad. Pero tuve que ir al servicio antes de que saliera el tren, y cuando volví a mi asiento, *Fuchsl*, mi zorrito, había desaparecido. ¡Me lo habían robado!

—De aquello hacía veinte años, pero era obvio que seguía indignado por el robo. Exhaló con fuerza por la nariz, torció el gesto y, usando un tono más alto y lleno de ira, preguntó—: ¿Sabes qué le haría al hombre que me robó a mi pequeño *Fuchsl* si lo pillara?

Pierrot negó con la cabeza y el Führer se inclinó hacia él y le indicó que hiciera lo mismo. Cuando él obedeció, se llevó una mano a la boca y le susurró algo al oído: tres frases, breves y muy precisas. Cuando hubo acabado, volvió a acomodarse en la silla y algo parecido a una sonrisa cruzó por su rostro. Pierrot también se sentó erguido de nuevo, pero no dijo nada. Bajó la vista hacia *Blondi*, que abrió un ojo y lo miró sin mover un músculo. Por mucho que le gustara pasar ratos con el Führer, algo que siempre hacía que se sintiera importante, en aquel momento lo que más deseaba era volver a estar fuera con la perra, para arrojarle un palo en el bosque y correr tan deprisa como pudiera. Para divertirse. Para ir en busca del palo. Para ponerse a salvo.

—Bueno, dejemos ya estas cosas. —El Führer dio tres palmadas en el brazo de la butaca para indicar que quería cambiar de tema—. Tengo un regalo para ti.

—Gracias, *mein* Führer —contestó Pierrot, sorprendido.

—Es algo que cualquier niño de tu edad debería tener. —Señaló hacia una mesa, junto a su escritorio, sobre la que había un paquete de papel de estraza—. Tráemelo, ¿quieres, Pieter?

Blondi levantó la cabeza al oír «tráemelo», y el Führer rió, le dio unas palmaditas en la cabeza y le dijo que se quedara tranquila. Pierrot se acercó a coger el paquete, que contenía algo blando, y lo sujetó con cautela con ambas manos para ofrecérselo al señor.

—No, no. Yo ya sé qué hay dentro. Es para ti, Pieter. Ábrelo. Creo que te va a gustar.

Los dedos de Pierrot empezaron a deshacer el nudo del cordel que sujetaba el envoltorio del paquete. Hacía mucho tiempo que no recibía un regalo y estaba bastante emocionado.

—Es muy amable por su parte.

—Vamos, ábrelo —respondió el Führer.

El cordel se soltó, el papel de estraza se abrió y Pierrot levantó con ambas manos lo que había en su interior: unos pantalones cortos negros, una camisa de tono pardo, unos zapatos, una guerrera azul oscuro, un pañuelo de cuello negro y una boina marrón. La manga izquierda de la camisa llevaba cosida una pequeña enseña con la figura de un rayo en blanco.

Pierrot contempló el contenido del paquete con una mezcla de inquietud y deseo. Recordó que los chicos del tren llevaban prendas similares, con motivos distintos pero que transmitían la misma autoridad. Y recordó también que lo habían acosado y que el *Rottenführer* Kotler le había robado los sándwiches. No estaba seguro de querer convertirse en esa clase de persona. Sin embargo, aquellos chicos no le temían a nada y formaban parte de un grupo; como los mismísimos mosqueteros, se dijo. Le gustaba la idea de no temerle a nada. Y también le gustaba la idea de pertenecer a algo.

—Son prendas muy especiales —dijo el Führer—. Habrás oído hablar de las Juventudes Hitlerianas, ¿no?

—Sí —contestó Pierrot—. Cuando cogí el tren para venir al Obersalzberg, coincidí con varios miembros en el vagón.

—Entonces sabrás algo sobre ellas. Nuestro Partido Nacionalsocialista está promoviendo la causa de nuestro país a paso de gigante. Es mi destino conducir a Alemania a grandes logros en el mundo entero, y te aseguro que así será, a su debido tiempo. Pero nunca es demasiado pronto para sumarse a la causa. Siempre me deja impresionado que los niños de tu edad, y también algo mayores, se unan a mí y apoyen nuestra política y nuestra determinación de corregir los errores cometidos en el pasado. Supongo que sabrás de qué hablo, ¿no?

—Un poco —contestó Pierrot—. Mi padre solía hablar de esas cosas.

—Bien —dijo el Führer—. Así que os animamos, a los jóvenes, a adheriros al partido lo antes posible. Empezamos con la Deutsches Jungvolk. Tú aún eres un poco pequeño, la verdad, pero contigo estoy haciendo una excepción especial. Con el tiempo, cuando seas

139

mayor, te convertirás en miembro de las Juventudes en sí. También hay una sección para niñas, la Bund Deutscher Mädel, pues no subestimamos la importancia de las mujeres, que serán las madres de futuros líderes. Ponte el uniforme, Pieter. Deja que vea cómo te queda.

Pierrot parpadeó y bajó la vista hacia la ropa.

—¿Ahora, *mein* Führer?

—Sí, ¿por qué no? Ve a tu habitación y cámbiate. Vuelve cuando lleves el uniforme completo.

Pierrot subió a su dormitorio, y una vez allí se quitó los zapatos, los pantalones, la camisa y el jersey, y los reemplazó por las prendas que le habían regalado. Le quedaban como un guante. Por último, se puso los zapatos e hizo entrechocar los talones: el ruido fue mucho más impresionante que el que habían producido nunca los suyos. Había un espejo en la pared, y cuando se dio la vuelta para contemplar su reflejo, cualquier inquietud que pudiera haber sentido se evaporó al instante. No se había sentido tan orgulloso en toda su vida. Volvió a pensar en ese tal Kotler y se dijo que sería maravilloso tener tanta autoridad como él; poder coger lo que quisieras, cuando fuera y sin importar de quién fuera, en lugar de que siempre anduvieran quitándote las cosas.

Cuando volvió al estudio del Führer, lucía una sonrisa de oreja a oreja.

—Gracias, *mein* Führer —dijo.

—No hay de qué —contestó Hitler—. Pero no olvides que el chico que lleve nuestro uniforme debe obedecer nuestras normas y no desear otra cosa en la vida que el progreso de nuestro partido y nuestro país. Para eso estamos aquí, todos nosotros. Para volver a hacer de Alemania una gran nación. Y ahora, una cosa más. —Fue hasta su escritorio y revolvió en los papeles hasta que dio con alguna clase de tarjeta que llevaba algo escrito. Luego señaló el largo estandarte nazi que pendía contra la pared, la banda roja con el círculo blanco y la cruz de hélice grabada en su interior que a Pierrot ya le resultaban tan familiares—. Ponte ahí de pie. Ahora coge esta tarjeta y lee en voz alta lo que hay escrito.

Pierrot se colocó donde le decían y leyó primero las palabras sin pronunciarlas, despacio, para luego alzar la vista hacia el Führer con nerviosismo. Sentía algo muy curioso en su interior. Deseaba pronunciar aquellas palabras en voz alta y al mismo tiempo no quería hacerlo.

—Pieter —murmuró Hitler.

Pierrot se aclaró la garganta y se irguió en toda su estatura.

—«En presencia de esta bandera de sangre, que representa a nuestro Führer, juro que dedicaré todas mis energías y mi fuerza al salvador de nuestro país, Adolf Hitler. Estoy dispuesto a dar mi vida por él, y lo juro ante Dios.»

El Führer sonrió, asintió con la cabeza y recuperó la tarjeta, y Pierrot confió en que, al hacerlo, no advirtiera cómo le temblaban las manos.

—Bien hecho, Pieter —dijo Hitler—. A partir de ahora, no quiero verte llevar otra cosa que ese uniforme, ¿entendido? Encontrarás otros tres iguales en tu armario.

Pierrot asintió e hizo el saludo una vez más antes de salir del despacho y alejarse pasillo abajo, sintiéndose más adulto y seguro de sí mismo ahora que llevaba un uniforme. Se había convertido en un miembro de las

Deutsches Jungvolk, se dijo. Y no en un miembro cualquiera sino en uno importante, pues ¿a cuántos niños les había dado el uniforme Adolf Hitler en persona?

«Qué orgulloso se sentiría Padre de mí», pensó.

Al torcer una esquina, vio a Beatrix y a Ernst, el chófer, de pie en un recoveco, hablando en voz baja.

—Todavía no —estaba diciendo Ernst—, pero pronto. Si las cosas se nos escapan demasiado de las manos, te prometo que actuaré.

—¿Y ya sabes qué harás? —preguntó Beatrix.

—Sí. He hablado con...

Ernst se interrumpió en cuanto vio al niño.

—Pieter —dijo.

—¡Mirad! —exclamó Pierrot, abriendo los brazos—. ¡Miradme!

Beatrix se quedó sin habla unos instantes, pero por fin se obligó a sonreír.

—Te queda de maravilla. Pareces un auténtico patriota. Un verdadero alemán.

Pierrot esbozó una sonrisa más amplia incluso y se volvió para mirar a Ernst, que tenía el semblante serio.

—Y yo que pensaba que eras francés —soltó el chófer.

Se tocó la gorra en dirección a Beatrix antes de salir por la puerta principal y desvanecerse en el sol radiante de la tarde, como una sombra que se disolvía en el paisaje blanco y verde.

9

Un zapatero, un soldado y un rey

Para cuando Pierrot cumplió ocho años, su relación con el Führer era más estrecha y éste mostraba interés en sus lecturas; le concedió libre acceso a su biblioteca, y le recomendó autores y libros que causaron honda impresión en él. Le ofreció una biografía de un rey prusiano del siglo XVIII, Federico el Grande, escrita por Thomas Carlyle, un volumen tan enorme y con un cuerpo de letra tan pequeño que Pierrot dudaba de que fuera capaz de pasar del primer capítulo.

—Fue un gran guerrero —le explicó Hitler, dando golpecitos con el índice sobre la cubierta del libro—. Un visionario global. Y un mecenas. Es el recorrido perfecto: luchamos para lograr nuestros objetivos, purificamos el mundo y luego volvemos a convertirlo en un lugar hermoso.

Pierrot llegó incluso a leer el libro del propio Führer, *Mein Kampf,* un poco más fácil de entender en su opinión que el de Carlyle, pero aun así le resultaba confuso. Le interesaron de manera especial las secciones relativas a la Gran Guerra, pues era en ella donde su padre, Wilhelm, tanto había sufrido. Una tarde, cuando paseaban a *Blondi* por el bosque que rodeaba el refugio de montaña, le preguntó al Führer por sus tiempos como soldado.

—Al principio hice de correo en el Frente Occidental —le contó Hitler—, llevando mensajes entre los ejércitos emplazados en las fronteras con Francia y Bélgica. Pero después combatí en las trincheras, en Ypres, en el Somme y en Passchendaele. Hacia el final de la guerra, a punto estuve de quedar ciego tras un ataque con gas mostaza. Después de eso, llegué a pensar en alguna ocasión que habría sido mejor perder la vista que presenciar las humillaciones que hicieron padecer al pueblo alemán tras la capitulación.

—Mi padre también luchó en el Somme —dijo Pierrot—. Mi madre siempre decía que, aunque no murió en la guerra, lo había matado la guerra.

El Führer desestimó ese comentario con un ademán despreciativo.

—Por lo que dices, tu madre parece haber sido una mujer bastante ignorante. Todos deberían sentirse orgullosos de morir para mayor gloria de la Patria. El recuerdo que deberías honrar, Pieter, es el de tu padre.

—Pero cuando volvió a casa —explicó él— estaba muy enfermo. Hizo algunas cosas terribles.

—¿Cuáles?

A Pierrot no le gustaba recordar lo que su padre había hecho, y empezó a narrar los peores momentos en voz baja y con la mirada fija en el suelo. El Führer escuchaba sin cambiar su expresión, y cuando el niño hubo concluido su relato se limitó a negar con la cabeza, como si nada de aquello tuviera importancia.

—Recuperaremos lo que nos pertenece —declaró—. Nuestras tierras, nuestra dignidad y nuestro destino. La lucha del pueblo alemán y la victoria definitiva se convertirán en la historia que definirá nuestra generación.

Pierrot asintió con firmeza. Había dejado de considerarse francés, y ahora que por fin había crecido y acababan de darle dos nuevos uniformes de las Deutsches Jungvolk que se adaptaban a la longitud de sus miembros, había empezado a sentirse alemán. Al fin y al cabo, como le había dicho el Führer, toda Europa pertenecería algún día a Alemania, de manera que las identidades nacionales ya no tenían importancia.

—Seremos una sola nación —sentenció Hitler—. Estaremos unidos bajo una única bandera. —Y señaló el brazalete con la esvástica que llevaba puesto—. Esta bandera.

Durante aquella visita, el Führer le dio a Pierrot otro libro de su biblioteca privada antes de marcharse a Berlín. Él leyó el título despacio y en voz alta:

—*El judío internacional* —declaró, pronunciando cada sílaba con cautela—. *Un problema del mundo*, por Henry Ford.

—Un americano, por supuesto —explicó Hitler—. Pero comprende la naturaleza del judío, la avaricia del judío, la forma en que el judío se interesa por la acumulación de riqueza personal. En mi opinión, el señor Ford debería dejar de fabricar automóviles y presentarse como candidato a presidente. Es un hombre con el que Alemania podría trabajar. Con el que yo podría trabajar.

Pierrot cogió el libro e intentó no pensar en el hecho de que Anshel era judío, aunque sabía que su amigo no tenía ninguna de las características que había descrito el Führer. Por el momento, lo metió en el cajón de la mesita de noche, bajo llave, y volvió a la lectura de *Emil y los detectives*, que siempre le traía recuerdos de su hogar.

Unos meses después, cuando la escarcha otoñal empezaba a formarse sobre las colinas y las montañas del Obersalzberg, Ernst fue con el coche a Salzburgo a recoger a Fräulein Braun, que acudía al Berghof a preparar la llegada de unos invitados muy importantes. La señora le hizo entrega a Emma de una lista de sus platos favoritos, y la cocinera negó con la cabeza con cara de incredulidad.

—Vaya, pues qué poco exigentes son, ¿eh? —comentó con sarcasmo.

—Están acostumbrados a ciertos estándares —dijo Eva, que estaba como un manojo de nervios por la cantidad de cosas que quedaban por hacer. Iba de aquí para allá chasqueando los dedos e insistiendo en que todos trabajaran más deprisa—. El Führer dice que hay que tratarlos... bueno, como a miembros de la realeza.

—Y yo que pensaba que nuestro interés por la realeza se había acabado con el káiser Guillermo —murmuró Emma por lo bajo, antes de sentarse a hacer una lista de los ingredientes que iba a tener que encargar en las granjas que rodeaban Berchtesgaden.

. . .

—Hoy me alegro de estar en el colegio —le dijo Pierrot a Katarina aquella mañana, entre clase y clase—. En casa andan todos con mucho ajetreo. Herta y Ange...

—¿Quién es Ange? —quiso saber Katarina, a quien su amigo informaba a diario de lo que pasaba en el Berghof.

—La nueva criada —contestó Pierrot.

—¿Otra criada? —preguntó ella, negando con la cabeza—. ¿Cuántas necesita?

Pierrot frunció el ceño. Katarina le caía muy bien, pero no aprobaba que de vez en cuando se burlara del Führer.

—Ha sustituido a una —explicó—. Fräulein Braun se deshizo de Wilhelmina.

—Vaya, ¿y a quién anda persiguiendo ahora el Führer por el Berghof?

—La casa estaba patas arriba esta mañana —continuó él, ignorando el comentario. Lamentaba haberle contado a su amiga la historia de la sobrina de Hitler, y la teoría de Emma de que la joven criada le recordaba a la desdichada muchacha—. Están bajando todos los libros de las estanterías para quitarles el polvo, desmontando apliques y lámparas para sacarles brillo, lavando y planchando todas las sábanas para que parezcan nuevas otra vez...

—Pues cuánto teatro —dijo Katarina— para un público tan tonto.

El Führer llegó la noche antes de que lo hicieran sus invitados, y llevó a cabo una concienzuda inspección de la residencia, tras la cual los felicitó a todos por el trabajo realizado, para gran alivio de Eva.

A la mañana siguiente, Beatrix hizo acudir a Pierrot a su dormitorio para comprobar que su uniforme de las Deutsches Jungvolk cumpliera los criterios del señor.

—Perfecto —declaró, mirándolo de arriba abajo con expresión de aprobación—. Estás creciendo tanto que me preocupaba que volviera a quedarte pequeño.

Llamaron a la puerta y Ange asomó la cabeza.

—Perdone, señorita, pero...

Pierrot se volvió y chasqueó los dedos, como había visto hacer a Eva, y señaló hacia el pasillo.

—Fuera de aquí —espetó—. Mi tía y yo estamos hablando.

Ange se quedó boquiabierta y lo miró fijamente unos instantes; luego volvió a salir y cerró la puerta con suavidad.

—No hace falta que le hables de esa manera, Pieter —dijo la tía Beatrix, a quien su tono también había dejado desconcertada.

—¿Por qué no? —quiso saber él. Le sorprendía un poco haber hablado de modo tan autoritario, pero le gustaba la sensación de importancia que sentía al hacerlo—. Estábamos hablando. Nos ha interrumpido.

—Pero ha sido una grosería por tu parte.

Pierrot negó con la cabeza, descartando semejante idea.

—Sólo es una criada. Y yo soy un miembro de las Deutsches Jungvolk. ¡Mira mi uniforme, tía Beatrix! Tiene que mostrarme el mismo respeto que a cualquier soldado u oficial.

Beatrix se levantó y se dirigió a la ventana para mirar hacia las cumbres y las nubes blancas que cruzaban en lo alto. Entonces apoyó ambas manos en el alféizar, como si tratara de hacer acopio de calma para no perder los estribos.

—Quizá a partir de ahora no deberías pasar tanto tiempo con el Führer —dijo finalmente, volviéndose para mirar a su sobrino.

—¿Y por qué no?

—Es un hombre muy ocupado.

—Un hombre ocupado que dice ver mucho potencial en mí —respondió con orgullo Pierrot—. Además, hablamos de cosas interesantes. Y él sabe escucharme.

—Yo también te escucho, Pieter —dijo Beatrix.

—Eso es distinto.

—¿Por qué lo es?

—Tú eres sólo una mujer. Necesaria para el Reich, por supuesto, pero los asuntos de Alemania vale más dejarlos en manos de hombres como el Führer y yo.

Beatrix se permitió esbozar una sonrisa amarga.

—Y eso es algo que has decidido por ti mismo, ¿no?

—No —admitió Pierrot, vacilando. Ahora que había pronunciado las palabras en voz alta no le sonaban tan bien. Al fin y al cabo, su madre también era una mujer y siempre había sabido qué era lo mejor para él—. Es lo que me ha dicho el Führer.

—Y ya eres un hombre, ¿no es eso? ¿Con sólo ocho años?

—Tendré nueve dentro de unas semanas —contestó él, irguiéndose—. Y tú misma has dicho que cada día que pasa estoy más alto.

Beatrix se sentó en la cama y dio unas palmaditas en la colcha, invitándolo a sentarse a su lado.

—¿De qué clase de cosas te habla el Führer?

—Es complicado. Tienen que ver con la historia y la política, y el Führer dice que el cerebro femenino...

—Ponme a prueba. Me esforzaré al máximo para seguirte.

—Hablamos sobre cómo nos han robado.

—¿Nos? ¿A quiénes se refiere ese «nos»? ¿A ti y a mí? ¿A ti y a él?

—A todos nosotros. Al pueblo alemán.

—Claro. Ahora eres alemán, se me había olvidado.

—El derecho de nacimiento de mi padre es también el mío —respondió Pierrot a la defensiva.

—¿Y qué nos han robado exactamente?

—Nuestras tierras. Nuestro orgullo. Nos lo han robado los judíos. Verás, es que están haciéndose dueños del mundo entero. Después de la Gran Guerra...

—Pero debes recordar, Pieter, que nosotros perdimos la Gran Guerra.

—Por favor, no me interrumpas cuando estoy hablando, tía Beatrix —dijo Pierrot, soltando un suspiro—. Es una muestra de falta de respeto por tu parte. Claro que recuerdo que perdimos, pero también debes admitir que después sufrimos vejaciones destinadas sólo a humillarnos. Los Aliados no se contentaron con la victoria, querían al pueblo alemán de rodillas como represalia. Nuestro país estaba lleno de cobardes que se rindieron con demasiada facilidad al enemigo. No volveremos a cometer ese error.

—¿Y tu padre? —preguntó Beatrix, mirándolo a los ojos—. ¿Era él uno de esos cobardes?

—El peor de todos, pues permitió que su falta de carácter doblegara su espíritu. Pero yo no soy como él. Soy fuerte. Yo devolveré el orgullo al nombre de los Fischer. —Se detuvo y miró a su tía—. ¿Qué pasa? ¿Por qué lloras?

—No estoy llorando.

—Sí, lo estás haciendo.

—Ay, no sé, Pieter —contestó ella, apartando la mirada—. Sólo estoy cansada, nada más. Los preparativos para la llegada de nuestros invitados han sido muy duros. Y a veces pienso... —Titubeó, como si temiera acabar la frase.

—¿Qué piensas?

—Que cometí un error terrible al traerte aquí. Creía que estaba haciendo lo correcto. Creía que teniéndote cerca podría protegerte. Pero con cada día que pasa...

Llamaron de nuevo a la puerta, y cuando se abrió, Pierrot se volvió en redondo con indignación, pero esta vez no chasqueó los dedos porque quien estaba ahí plantada era Fräulein Braun. Se levantó de un salto de la cama y se puso firmes, aunque su tía Beatrix no se movió de donde estaba.

—Ya están aquí —declaró Fräulein Braun con excitación.

—¿Cómo debo llamarlos? —susurró Pierrot a su tía cuando, lleno de emoción y temor, ocupó su sitio en la fila de recepción junto a ella.

—Su Alteza Real. A ambos, al duque y la duquesa. Pero no digas nada a menos que ellos te hablen primero.

151

Unos instantes después, un coche dobló la curva en lo alto del sendero de entrada y, casi simultáneamente, apareció el Führer detrás de Pierrot. Los miembros del servicio se pusieron firmes, rígidos y con la vista al frente. Ernst detuvo entonces el coche, apagó el motor y bajó muy deprisa para abrir la puerta trasera. Un hombre menudo con un traje que le apretaba un poco se apeó aferrando un sombrero. Miró a su alrededor un tanto confuso y decepcionado al ver que no lo recibían a bombo y platillo.

—Uno acostumbra a encontrarse alguna clase de banda —murmuró, más para sí que dirigiéndose a alguien en particular, antes de hacer el saludo nazi, que parecía haber practicado bien, con el brazo cruzando orgulloso el aire como si hubiera estado anhelando aquel momento—. Herr Hitler —añadió entonces con voz refinada y cambiando sin esfuerzo del inglés al alemán—, es un placer conocerlo por fin.

—Su Alteza Real —contestó el Führer con una sonrisa—. Su alemán es excelente.

—Sí, bueno —murmuró el duque, toqueteando la cinta del sombrero—. Uno tiene familia, ya sabe... —Dejó la frase en suspenso, como si no supiera muy bien cómo acabarla.

—David, ¿no piensas presentarme? —preguntó una mujer que se había apeado del coche tras él.

Iba vestida de negro cerrado, como si acudiera a un funeral, y se había dirigido a su marido en un inglés con claro acento americano.

—Ay, sí, por supuesto. Herr Hitler, permítame presentarle a Su Alteza Real, la duquesa de Windsor.

La duquesa se declaró encantada, y lo mismo hizo el Führer, que también alabó su alemán.

—No es tan bueno como el del duque —contestó ella con una sonrisa—, pero me apaño.

Eva dio un paso adelante para que la presentaran, y permaneció muy tiesa y erguida mientras se daban apretones de manos, como si le preocupara que la vieran hacer cualquier movimiento que se pareciera ni remotamente a una reverencia. Las dos parejas charlaron durante unos instantes sobre el tiempo, las vistas desde el Berghof y el trayecto en coche montaña arriba.

—He tenido la sensación unas cuantas veces de que íbamos a despeñarnos —comentó el duque—. Y no es que a uno le apetezca tener vértigo, ¿a que no?

—Ernst jamás habría permitido que les ocurriera nada malo —respondió el Führer, dirigiendo una mirada al chófer—. Sabe que son muy importantes para nosotros.

—¿Mmm? —preguntó el duque, alzando la vista como si sólo entonces reparara en que estaba en plena conversación—. ¿Cómo dice?

—Vayamos adentro. —Fue la respuesta del Führer—. Les gusta tomar el té a esta hora, si no me equivoco.

—Preferiría un poco de whisky, si tiene —dijo el duque—. La altitud lo deja a uno fatal, ya sabe. Wallis, ¿vienes?

—Sí, David. Estaba admirando la casa. ¿A que es preciosa?

—Mi hermana y yo la encontramos en 1928 —explicó Hitler—. Vinimos a pasar unas vacaciones aquí y me gustó tanto que, en cuanto pude permitírmelo, la compré. Vengo siempre que puedo.

—Para los hombres de nuestra posición es importante tener un sitio propio —comentó el duque, tironeándose de los puños de la camisa—. Algún lugar en el que el mundo nos deje en paz.

—¿Los hombres de nuestra posición? —repitió el Führer, arqueando una ceja.

—Los hombres importantes —precisó el duque—. Yo antes tenía un sitio así en Inglaterra, ¿sabe? Cuando era príncipe de Gales. Fort Belvedere. Un refugio maravilloso. Celebramos unas cuantas fiestas extraordinarias en aquellos tiempos, ¿a que sí, Wallis? Traté de encerrarme allí y tirar la llave, pero, de algún modo, el primer ministro siempre conseguía entrar.

—Quizá podamos encontrar una manera de que le devuelva usted el favor —dijo el Führer con una amplia sonrisa—. Entremos ya y consigámosle esa copa.

—Pero ¿quién es este jovencito? —quiso saber la duquesa cuando pasaba ante Pierrot—. ¿A que está guapísimo, David? Parece un nazi de juguete, qué maravilla. Ay, me encantaría llevármelo a casa y ponerlo en la repisa de la chimenea, de tan mono que es. ¿Cómo te llamas, cielo?

Pierrot miró al Führer, que asintió con la cabeza.

—Pieter, Su Alteza Real.

—Es el sobrino de nuestra ama de llaves —explicó Hitler—. El pobre niño se quedó huérfano, de manera que accedí a que viniera a vivir aquí.

—¿Has visto, David? —dijo Wallis, volviéndose hacia su marido—. A eso lo llamo yo caridad cristiana como Dios manda. He aquí lo que la gente no entiende de usted, Adolf. Porque puedo llamarlo Adolf, ¿verdad? Y usted debe llamarme Wallis. No ven que

154

bajo todos esos uniformes y esas cursiladas militares habitan el corazón y el alma de un verdadero caballero. En cuanto a usted, Ernie —añadió, volviéndose hacia el chófer para menear un dedo enguantado—, confío en que ahora verá que...

—*Mein* Führer —interrumpió Beatrix a la duquesa con un tono inusualmente alto y dando un paso adelante—. ¿Le gustaría que me ocupara de servir bebidas a sus invitados?

Hitler la miró con sorpresa, pero, divertido por lo que acababa de decir la duquesa, se limitó a asentir.

—Sí, por supuesto. Pero dentro, diría yo. Aquí fuera empieza a hacer frío.

—Sí, alguien ha hablado de whisky, ¿no es así? —secundó el duque, que entró con paso decidido.

Cuando los anfitriones y el personal lo siguieron, Pierrot se volvió y se llevó una sorpresa al ver a Ernst apoyado en el coche con la cara muy pálida, más que nunca.

—Te has puesto muy blanco —le dijo, y añadió, imitando el acento del duque—: La altitud lo deja a uno fatal, ya sabes, ¿a que sí, Ernst?

Unas horas más tarde, Emma le tendió una bandeja de dulces a Pierrot y le pidió que la llevara al estudio, donde el Führer y el duque se encontraban enfrascados en una conversación.

—Ah, Pieter —dijo Hitler cuando lo vio entrar, y dio palmaditas en la mesa que había entre las dos butacas—. Puedes dejarla aquí.

—¿Les traigo alguna cosa más, *mein* Führer, Su Alteza Real? —preguntó, pero estaba tan nervioso que se dirigió a cada uno con el título del otro, y eso hizo reír a ambos.

—Pues estaría bueno que hubiera venido hasta aquí arriba para dirigir Alemania, ¿no? —comentó el duque.

—O que yo me hiciera con el control de Inglaterra —añadió el Führer.

La sonrisa del duque se desvaneció un tanto al oír aquello y jugueteó con nerviosismo con la alianza de boda, quitándosela y volviéndosela a poner.

—¿Siempre tiene a un niño haciendo estas tareas, Herr Hitler? ¿No dispone de un ayuda de cámara?

—No —contestó el Führer—. ¿Lo necesito?

—Todo caballero lo necesita. O al menos un lacayo en el rincón, por si le hace falta cualquier cosa.

Hitler se lo pensó y luego negó con la cabeza, como si no acabara de entender la noción de protocolo del duque. Pero entonces miró a Pierrot y señaló un rincón del estudio:

—Pieter, ponte ahí. Serás nuestro lacayo honorario durante la visita del duque.

—Sí, *mein* Führer —respondió Pierrot con orgullo.

Se plantó junto a la puerta y se esforzó cuanto pudo por no hacer ruido al respirar.

—Ha sido usted increíblemente amable con nosotros —continuó el duque, y encendió un cigarrillo—. En todas partes nos han tratado con tremenda generosidad. Estamos muy complacidos. —Se inclinó en el asiento—. Wallis tiene razón. Creo de verdad que si el pueblo inglés tuviera ocasión de conocerlo un poco mejor comprendería que es usted un tipo respetable. Tiene mucho en común con nosotros, ¿sabe?

—¿De veras?

—Sí, tenemos el mismo objetivo en la vida y creemos en la importancia del destino de nuestro pueblo.

El Führer no dijo nada, se limitó a servirle otra copa a su invitado.

—Tal como yo lo veo —prosiguió el duque—, nuestros países tienen mucho más que ganar trabajando juntos que separados. No me refiero a una alianza formal, por supuesto, sino más bien a una especie de *entente cordiale* como la que mantenemos con los franceses, aunque con ellos nunca puede uno fiarse del todo. Nadie quiere que se repita la locura de hace veinte años. Demasiados jóvenes inocentes perdieron la vida en aquel conflicto. En ambos bandos.

—Sí —respondió el Führer en voz baja—. Yo luché en esa guerra.

—Al igual que yo.

—¿No me diga?

—Bueno, en las trincheras, no, por supuesto. Era el heredero al trono en aquel entonces. Tenía una posición que mantener. Y aún la tengo, ¿sabe?

—Pero no la que le corresponde por nacimiento —terció el Führer—. Aunque eso podría cambiar, supongo. Con el tiempo.

El duque miró a su alrededor, como si le preocupara que hubiese espías ocultos tras las cortinas. Su mirada no se posó en ningún momento en Pierrot; por el interés que el duque mostraba por él, aquel niño podría haber sido una estatua.

—Ya sabe que el gobierno inglés no quería que yo viniera —dijo en tono de confidencia—. Y mi hermano Bertie estaba de acuerdo con ellos. Hubo un revuelo tremendo. Baldwing, Churchill... todos andaban soltando amenazas.

—Pero ¿por qué los escucha? —preguntó Hitler—. Ya no es rey. Es un hombre libre. Puede hacer lo que le plazca.

—Yo nunca seré libre —contestó el duque con amargura—. Además, está la cuestión de los recursos, si entiende a qué me refiero. Uno no puede salir simplemente ahí fuera y conseguir un empleo.

—¿Por qué no?

—¿Y qué pretende que haga? ¿Trabajar detrás del mostrador de la sección de caballeros de Harrods? ¿Abrir una mercería? ¿Colocarme de lacayo, como nuestro amiguito aquí presente? —Señaló a Pierrot, soltando una risotada.

—Todos ellos empleos honrados —contestó el Führer en voz baja—. Pero quizá por debajo de su condición de antiguo rey. Es posible que haya otras... posibilidades.

El duque negó con la cabeza, ignorando por completo la cuestión, y Hitler sonrió:

—¿Lamenta alguna vez su decisión de abdicar del trono?

—Ni por un instante —respondió el duque, y hasta Pierrot fue capaz de captar la mentira en su voz—. No podía hacerlo, ¿sabe? Sin la ayuda y el apoyo de la mujer que amo, no. Y así lo expresé en mi discurso de despedida. Pero ellos jamás habrían permitido que fuera reina.

—¿Y cree que ésa fue la única razón por la que se libraron de usted? —quiso saber el Führer.

—¿Usted no?

—Creo que le tenían miedo. Al igual que me lo tienen a mí. Sabían lo que usted siente: que debería existir una conexión muy íntima entre nuestros países. Si hasta su propia abuela, la reina Victoria, lo era también de nuestro último káiser. Y su abuelo, el príncipe Alberto, era de Coburgo. Su patria está tan empapada de la mía como la mía lo está de la suya. Somos como un par de magníficos robles plantados muy juntos. Nuestras raíces se entrelazan bajo la tierra. Corte una, y la otra padecerá. Permita que una florezca, y lo harán ambas.

El duque reflexionó unos instantes, y luego respondió:

—Es posible que algo de eso haya.

—Le han arrebatado lo que le corresponde por nacimiento —continuó el Führer, levantando la voz a causa de la ira—. ¿Cómo puede soportarlo?

—Nada puede hacerse ya. —Fue la respuesta del duque—. Ahora todo eso es cosa del pasado.

—Pero quién sabe qué puede depararle el futuro...

—¿Qué quiere decir?

—En los próximos años, Alemania va a cambiar. Nos volveremos fuertes otra vez. Estamos redefiniendo nuestro lugar en el mundo. Y quizá Inglaterra cambie también. Usted es un hombre progresista, tengo entendido. ¿No le parece que usted y la duquesa podrían hacerle mucho bien a su pueblo si los restituyeran como reyes?

El duque se mordió el labio y frunció el ceño.

159

—No creo que eso sea posible —dijo al cabo de unos instantes—. Ya tuve mi oportunidad.

—Cualquier cosa es posible. Míreme a mí: soy el líder de un pueblo alemán unificado y salí de la nada. Mi padre era zapatero.

—Mi padre era rey.

—Mi padre era soldado —añadió Pierrot desde su rincón.

Las palabras brotaron de su boca antes de que pudiese contenerlas, y los dos hombres se volvieron para mirarlo, como si hubieran olvidado que estaba presente. Había tanta ira en la expresión del Führer que a Pierrot se le retorció el estómago y se sintió a punto de vomitar.

—Cualquier cosa es posible —continuó el Führer al poco, cuando los dos hombres volvieron a mirarse—. Si pudiera hacerse, ¿ocuparía de nuevo el trono?

El duque miró alrededor con inquietud y se mordió las uñas, que luego examinó una por una antes de enjugarse la mano en la pernera del pantalón.

—Bueno, uno ha de tener en consideración su deber, por supuesto —contestó por fin—. Y lo que resulte mejor para su país. Y si puede servirlo de la forma que sea, como es natural, uno estaría dispuesto a... a...

Alzó la vista con expresión esperanzada, como un cachorro a la espera de que lo adopte un amo benevolente, y el Führer sonrió.

—Creo que nos entendemos bien, David. No le importará que lo llame David, ¿verdad?

—Bueno, verá, es que en realidad no lo hace nadie, ¿sabe? Aparte de Wallis. Y de mi familia, aunque ellos ya no se dirigen a mí de ninguna manera. Ya nunca tengo noticias suyas. Llamo a Bertie por teléfono cuatro o cinco veces al día, pero no contesta a mis llamadas.

El Führer levantó ambas manos.

—Discúlpeme. Nos ceñiremos a las formalidades, entonces, Su Alteza Real. —Negó con la cabeza—. Aunque quizá algún día, una vez más, será Su Majestad.

Pierrot emergió lentamente de un sueño, con la sensación de haber dormido tan sólo un par de horas. Con los ojos entornados, captó la penumbra de la estancia y el sonido de una respiración. Había alguien de pie, a su lado, observándolo dormir. Abrió los ojos del todo y vio entonces el rostro del Führer, Adolf Hitler, y el corazón se le encogió de miedo. Trató de incorporarse para poder hacer el saludo, pero se encontró con que lo empujaban para obligarlo a tenderse otra vez. Nunca había visto aquella expresión en el rostro del señor. Era más aterradora incluso que la de unas horas antes, cuando había interrumpido su conversación con el duque.

—Conque tu padre era soldado, ¿no es eso? —siseó el Führer—. ¿Era mejor que el mío? ¿Mejor que el del duque? ¿Crees que era más valiente que yo porque él está muerto?

—No, *mein* Führer —contestó Pierrot sin aliento y con un nudo en la garganta. Notaba la boca terriblemente seca y el corazón le palpitaba desbocado en el pecho.

—Puedo confiar en ti, ¿verdad Pieter? —preguntó el Führer, inclinándose tanto que los pelos del bigote casi rozaron el labio superior del niño—. ¿Nunca me darás motivos para que lamente haberte permitido vivir aquí?

—No, *mein* Führer. Nunca, lo prometo.

—Más te vale —siseó Hitler—. Porque la deslealtad jamás queda impune.

Le dio dos palmaditas a Pierrot en la mejilla, salió a grandes zancadas de la habitación y cerró la puerta detrás de sí.

Pierrot levantó las sábanas y se miró el pijama. Le entraron ganas de llorar; había hecho algo que llevaba sin hacer desde que era un crío y no sabía cómo iba a explicárselo a nadie. Sin embargo, se juró una cosa: jamás volvería a decepcionar al Führer.

10

Una feliz Navidad en el Berghof

La guerra llevaba en marcha más de un año y la vida en el Berghof había cambiado considerablemente. El Führer pasaba menos tiempo en el Obersalzberg, y cuando iba solía encerrarse en su estudio con sus generales de mayor rango, los líderes de la Gestapo, la Schutzstaffel y la Wehrmacht. Aunque Hitler seguía encontrando tiempo para hablar con Pierrot durante sus visitas, los oficiales al mando de esas divisiones del Reich —Göring, Himmler, Goebbels y Heydrich— preferían ignorarlo por completo. Ansiaba que llegara el día en que pudiera ocupar una posición tan elevada como la de aquellos hombres.

Pierrot ya no dormía en la pequeña estancia que le habían ofrecido a su llegada. Cuando cumplió once años, Hitler informó a Beatrix de que el chico ocuparía su habitación a partir de entonces y que ella debía trasladar sus cosas a la más pequeña. La decisión provocó que Emma se mostrara contrariada y musitara algo sobre la ingratitud del niño hacia su tía.

—Ha sido decisión del Führer —declaró Pierrot sin molestarse siquiera en mirarla.

Había crecido mucho —nadie volvería a llamarlo Le Petit—, y su torso había ganado músculo gracias al ejercicio que realizaba a diario en las cumbres.

—¿O es que pones en duda sus decisiones? —prosiguió—. ¿Se trata de eso, Emma? Porque si es ése el caso, siempre podemos hablarlo con él, ¿te parece?

—¿Qué pasa aquí? —preguntó Beatrix cuando entró en la cocina y captó la tensa atmósfera entre ambos.

—Por lo visto, Emma piensa que no deberíamos haber intercambiado nuestros dormitorios —explicó Pierrot.

—Yo no he dicho nada semejante —musitó Emma, dándose la vuelta.

—Mentirosa —la acusó Pierrot a su espalda cuando la cocinera se alejaba.

Al volverse, el niño se fijó en la expresión de su tía y experimentó una curiosa mezcla de emociones. Deseaba la habitación más grande, por supuesto, pero también quería que ella reconociera que tenía derecho a quedársela. Al fin y al cabo, estaba más cerca de la del propio Führer.

—No te importa, ¿verdad? —preguntó.

—¿Por qué iba a importarme? —Beatrix parecía resignada—. Sólo es un sitio donde dormir, nada más. Para mí no es una prioridad.

—No fue idea mía, ¿sabes?

—¿No? He oído decir que sí lo fue.

—¡No! Yo sólo le dije al Führer que me gustaría que mi habitación tuviera una pared lo bastante grande como para colgar en ella uno de esos mapas enormes de Europa. Como la tuya. Así podría seguir el progreso de nuestro ejército a través del continente, a medida que vamos derrotando a nuestros enemigos.

Beatrix rió, pero a Pierrot no le pareció la clase de risa que soltaba una persona cuando encontraba algo divertido.

—Podemos volver a cambiarlas, si quieres —dijo en voz baja y mirando al suelo.

—Así está bien —respondió Beatrix—. Ya han hecho el traslado. Sería una pérdida de tiempo volver a dejarlo todo como estaba.

—Bien —dijo Pierrot, alzando la vista otra vez con una sonrisa—. Sabía que estarías de acuerdo. Emma siempre tiene que opinar sobre todo, ¿no? Sería mejor que el servicio mantuviera la boca cerrada y se limitara a hacer su trabajo.

Una tarde, Pierrot fue a la biblioteca en busca de algo que leer. Resiguió con los dedos los lomos de los libros que llenaban las estanterías, y examinó una historia de Alemania y otra del continente europeo antes de considerar un volumen que describía los crímenes cometidos por el pueblo judío a lo largo de los siglos. Junto a él había una tesis en la que se denunciaba que el tratado de Versalles era un acto de injusticia criminal contra la patria alemana. Pasó de largo el *Mein Kampf*, que había leído tres veces durante los dieciocho meses anteriores y del que podía citar muchos párrafos importantes. Encajado al final de un estante, había un volumen más, y sonrió al recordar lo pequeño e inocente que era cuando Simone Durand lo había puesto en sus manos en la estación de Orleans cuatro años atrás. *Emil y los detectives*. Se preguntó cómo había ido a parar hasta aquella estantería llena de libros tan importantes. Lo sacó y miró en dirección a Herta, que estaba de rodillas limpiando la chimenea. Cuando lo abrió, de entre las páginas cayó un sobre, que recogió enseguida.

—¿De quién es? —preguntó la criada, alzando la vista hacia él.

—De un viejo amigo mío —contestó, y el nerviosismo al ver aquella letra familiar se le notó en la voz. Luego añadió, corrigiéndose—: Bueno, en realidad sólo era un vecino. Nadie importante.

Se trataba de la última carta de Anshel que Pierrot se había molestado en guardar. Sin embargo, volvió a abrirla y echó un vistazo a las primeras líneas. No había fórmula de encabezamiento alguna, nada de «Querido Pierrot»; sólo el dibujo de un perro y luego una serie de frases precipitadas:

Te escribo esto a toda prisa porque hay un montón de ruido en la calle, y Madre dice que finalmente ha llegado el día de marcharnos. Hizo las maletas con parte de nuestras cosas, las más importantes, y ya llevan varias semanas junto a la puerta. No sé muy bien adónde vamos, pero Madre dice que quedarse aquí ya no es seguro. ¡No te preocupes, Pierrot, nos llevamos a D'Artagnan! Bueno, y ¿cómo estás? ¿Por qué no has contestado a mis dos últimas cartas? Aquí, en París, todo ha cambiado. Ojalá pudieras ver cómo...

Pierrot no leyó más, se limitó a arrugar la carta y arrojarla a la chimenea, levantando una nube de cenizas del fuego de la noche anterior, que acabó en la cara de Herta.

—¡Pieter! —exclamó ella, indignada.

Pero él la ignoró. Se preguntó si no debería tirar la carta a la chimenea de la cocina, en la que ardía un fuego desde primera hora de la mañana. Al fin y al cabo, si el Führer la encontraba, podía enfadarse con él, y no conseguía imaginar nada peor que ser objeto de su desaprobación. Hubo un tiempo en que Anshel le caía bien, claro que sí, pero por aquel entonces sólo eran unos críos y él no había comprendido qué significaba ser amigo de un judío. Dar por terminada la relación con él era lo mejor. Alargó la mano y recuperó la carta, luego le tendió el libro a Herta.

—Puedes darle esto de mi parte a algún niño de Berchtesgaden —ordenó con tono imperioso—. O tíralo, sencillamente. Lo que te sea más fácil.

—Oh, Erich Kästner —dijo Herta, sonriendo al ver la cubierta—. Recuerdo haberlo leído de pequeña. Una maravilla, ¿a que sí?

—Es para críos —contestó Pierrot con un gesto de indiferencia, decidido a no coincidir con ella, y añadió mientras se alejaba—: Ahora vuelve al trabajo. Quiero este sitio bien limpio antes de que llegue el Führer.

Unos días antes de Navidad, Pierrot se despertó en plena noche porque necesitaba ir al lavabo, y recorrió el pasillo sin hacer ruido y descalzo. De regreso, todavía medio dormido, cometió el error de dirigirse a su antigua habitación y sólo se dio cuenta cuando ya tendía la mano hacia el pomo. Estaba a punto de dar

167

media vuelta y alejarse, cuando oyó voces en el interior. Le picó la curiosidad y acercó la oreja a la madera para escuchar.

—Pero tengo miedo —estaba diciendo la tía Beatrix—. Por ti, por mí, por todos nosotros.

—No hay nada que temer —respondió la segunda voz, y Pierrot reconoció la de Ernst, el chófer—. Todo se ha planeado con mucho cuidado. No olvides que hay más gente en nuestro bando de la que imaginas.

—Pero ¿de verdad es éste el mejor sitio? ¿No sería más fácil en Berlín?

—Allí hay demasiada seguridad, y él se siente a salvo en esta casa. Confía en mí, cariño, todo saldrá bien. Cuando todo haya acabado, y se imponga el sentido común, podremos trazar un nuevo camino. Estamos cumpliendo con nuestro deber. Lo crees así, ¿verdad?

—Sabes que sí —contestó Beatrix con vehemencia—. Cada vez que miro a Pierrot sé lo que hay que hacer. Es un niño completamente distinto del que llegó aquí. Tú también te has dado cuenta, ¿no?

—Claro que sí. Se está convirtiendo en uno de ellos. Cada día que pasa se les parece un poco más. Incluso ha empezado a dar órdenes al servicio. Hace unos días lo regañé y me contestó que debería transmitirle mis quejas al Führer o cerrar el pico.

—Me da miedo pensar en qué clase de hombre va a convertirse si esto sigue así —dijo Beatrix—. Hay que hacer algo. No sólo por él, sino por todos los Pierrots que hay ahí fuera. El Führer destrozará el país entero si alguien no lo detiene. Acabará con Europa entera. Dice estar iluminando las mentes del pueblo alemán...

pero en realidad es la encarnación de las tinieblas en el centro del mundo.

Se hizo el silencio durante unos instantes, y Pierrot oyó entonces el sonido inconfundible que hacían su tía y el chófer al besarse. Estuvo a punto de abrir la puerta y enfrentarse a ellos, pero finalmente decidió volver a su habitación. Una vez allí permaneció tendido en la cama con los ojos abiertos, mirando el techo y dándole vueltas a aquella conversación para comprender su posible significado.

Al día siguiente, en el colegio, se preguntó si debería compartir con Katarina lo que estaba pasando en el Berghof. A la hora del almuerzo la encontró leyendo un libro bajo uno de los grandes robles del jardín. Ya no se sentaban juntos en clase: Katarina había pedido que la pusieran junto a Gretchen Baffril, la niña más callada de la escuela, pero a Pierrot nunca le había dado una razón por la que no quisiera seguir sentada a su lado.

—No llevas puesta tu corbata —dijo Pierrot, y la recogió del suelo, donde la niña la había tirado.

Katarina había pasado a formar parte un año antes de la Bund Deutscher Mädel, la Liga de Muchachas Alemanas, y no paraba de quejarse de que la hicieran llevar uniforme.

—Póntela tú, si significa tanto para ti —contestó sin levantar la vista del libro.

—Pero yo ya llevo una. Toma.

Katarina alzó la mirada y cogió la corbata de manos de Pierrot.

—Supongo que si no me la pongo te chivarás.

—Claro que no. ¿Por qué iba a hacer eso? Siempre y cuando te la pongas cuando acabe el recreo y empiecen otra vez las clases, no hay problema.

—Qué imparcial eres, Pieter —dijo ella con una sonrisa dulce—. Es una de las cosas que me gustan de ti.

Pierrot sonrió a su vez, pero, para su sorpresa, Katarina se limitó a poner los ojos en blanco y volver a su libro. Consideró dejarla sola, pero tenía una duda y no sabía a quién más planteársela. Por lo visto, ya no tenía muchos amigos en la clase.

—¿Conoces a mi tía Beatrix? —preguntó finalmente, sentándose junto a Katarina.

—Sí, claro. Viene mucho a la tienda de mi padre a comprar papel y tinta.

—¿Y a Ernst, el chófer del Führer?

—Nunca he hablado con él, pero lo he visto conduciendo por Berchtesgaden. ¿Qué pasa con ellos?

Pierrot soltó un resoplido y luego negó con la cabeza.

—Nada.

—¿Cómo que nada? Por algo los habrás mencionado.

—¿Tú crees que son buenos alemanes? No, ésa no es una pregunta sensata. Supongo que dependerá de cómo definas tú la palabra «bueno», ¿no?

—La verdad es que no —contestó Katarina, que había puesto el punto de libro en el centro de su novela para mirarlo a los ojos—. No creo que haya muchas formas de definir esa palabra. O eres bueno o no lo eres.

—Supongo que lo que quiero decir es si crees que son patriotas.

—¿Y qué se yo? —Katarina se encogió de hombros—. Aunque sí hay formas distintas de definir el patriotismo, por supuesto. Tú, por ejemplo, es posible que tengas una opinión muy diferente de la mía.

—Mi opinión es la misma que la del Führer —declaró Pierrot.

—Pues a eso me refiero exactamente. —Katarina miró a un grupo de niños que jugaban a la rayuela en un rincón del patio.

—¿Por qué ya no te caigo tan bien como antes? —preguntó Pierrot al cabo de un largo silencio.

Ella se volvió para mirarlo y su expresión sugirió que la pregunta la había sorprendido.

—¿Qué te hace pensar que no me caes bien, Pieter?

—Ya no hablas conmigo como hacías antes. Y te cambiaste de sitio para sentarte con Gretchen Baffril y nunca me has contado por qué.

—Bueno, Gretchen no tenía a nadie que se sentara con ella después de que Heinrich Furst se fuera del colegio. No quería que estuviera sola.

Pierrot apartó la mirada y tragó saliva, lamentando haber empezado aquella conversación.

—Porque te acuerdas de Heinrich, ¿verdad, Pieter? —continuó Katarina—. Aquel niño tan simpático. Tan buen chico. Y te acordarás de que todos nos quedamos impresionados cuando nos contó las cosas que su padre decía sobre el Führer, ¿verdad? Y de que todos prometimos que no se lo contaríamos a nadie, ¿no?

Pierrot se levantó y se sacudió los fondillos de los pantalones.

—Empieza a hacer frío aquí fuera —dijo—. Debería volver dentro.

—Y seguro que recordarás que nos enteramos de que a su padre lo habían sacado de la cama en plena noche para llevárselo de Berchtesgaden, y de que nadie ha vuelto a saber de él, ¿verdad? Y de que Heinrich, su madre y su hermana pequeña tuvieron que mudarse a la casa de una tía en Leipzig porque ya no tenían dinero, ¿no?

Sonó el timbre en la puerta del colegio, y Pierrot consultó su reloj.

—Tu corbata —dijo, señalándola—. Ya es la hora. Deberías ponértela.

—No te preocupes, lo haré —contestó Katarina cuando él ya se alejaba, y añadió a pleno pulmón—: Porque no queremos que la pobre Gretchen vuelva a encontrarse mañana sin nadie sentado a su lado, ¿verdad? ¿Verdad que no, *Pierrot*?

Pero él negaba con un gesto como si aquello no fuera con él; y de algún modo, cuando volvió a clase, ya había conseguido sacar aquella conversación de su cabeza y la había escondido en una parte distinta de su memoria: la parte que albergaba los recuerdos de su madre y de Anshel, un lugar que ahora muy rara vez visitaba.

El Führer y Eva llegaron al Berghof la víspera de Nochebuena, cuando Pierrot estaba fuera practicando la marcha con rifle, y una vez instalados lo mandaron llamar.

—Hoy va a celebrarse una fiesta en Berchtesgaden —explicó Eva—. Una fiesta de Navidad para los niños. Al Führer le gustaría que nos acompañaras.

El corazón de Pierrot dio un vuelco de alegría. Nunca iba a ninguna parte con el Führer, y ya imaginaba la expresión de envidia en las caras de la gente del pueblo cuando llegara con su amado líder. Casi daría la sensación de que fuera el hijo de Hitler.

Se puso un uniforme limpio y le dio instrucciones a Ange de que le lustrara las botas hasta que se viera reflejada en ellas. Cuando la chica volvió, él dijo sin apenas mirarlas que no estaban lo bastante limpias e hizo que se las llevara de nuevo para sacarles más brillo.

—Y no me hagas pedírtelo por tercera vez —amenazó cuando Ange se alejaba hacia el cuarto de la plancha.

Aquella tarde, cuando salió a la explanada de gravilla con Hitler y Eva, se sentía más orgulloso que nunca en toda su vida. Ocuparon los tres el asiento trasero del coche, y, mientras descendían por la ladera de la montaña, Pierrot miraba a Ernst a través del retrovisor y trataba de descifrar sus intenciones con respecto al Führer. Aun así, cada vez que el chófer levantaba la vista para comprobar la carretera detrás de sí, parecía ajeno a la presencia de Pierrot. «Me considera un simple crío —pensó—. No cree que tenga la más mínima importancia.»

Cuando llegaron a Berchtesgaden, la multitud había tomado las calles y agitaba esvásticas y coreaba vítores. Pese al frío, Hitler le había dicho a Ernst que dejara abierta la capota para que la gente pudiera verlo, y cuando pasaba lo aclamaban a pleno pulmón. Él iba saludándolos a todos con el semblante serio, mientras Eva sonreía y agitaba la mano. Cuando Ernst detuvo el coche frente al ayuntamiento, el alcalde salió a recibirlos y se inclinó con gesto obsequioso ante el Führer al estrecharle éste la mano; luego hizo el saludo nazi y volvió a inclinarse, y acabó tan confundido que sólo cuando Hitler le apoyó una mano en el hombro para calmarlo pudo apartarse y dejarlos pasar.

—¿Tú no entras, Ernst? —preguntó Pierrot cuando advirtió que el chófer se quedaba atrás.

—No, yo debo permanecer junto al coche. Pero entra tú. Cuando todos volváis a salir, aquí estaré.

Pierrot asintió y decidió esperar a que el resto de la gente hubiese entrado; le gustaba la idea de recorrer el pasillo con su uniforme de las Deutsches Jungvolk y ocupar su asiento junto al Führer con las miradas de los lugareños fijas en él. Pero cuando se disponía a entrar por fin, vio las llaves del coche en el suelo, junto a sus pies. Debían de habérsele caído al chófer en medio del tumulto.

—¡Ernst! —exclamó, mirando hacia donde estaba aparcado el vehículo.

Soltó un suspiro de frustración y miró hacia el interior del ayuntamiento, pero había aún tanta gente buscando su asiento que decidió que disponía de tiempo suficiente y echó a correr cruzando la calle, esperando ver al chófer palpándose los bolsillos en busca de las llaves.

El coche estaba ahí, pero, para su sorpresa, no había rastro de Ernst.

Pierrot frunció el ceño y miró a su alrededor. ¿No había dicho que se quedaría junto al vehículo? Echó a andar calle abajo, recorriendo con la mirada las calles que cruzaban, y ya estaba a punto de abandonar y volver al ayuntamiento cuando vio al chófer más allá, llamando a una puerta.

—¡Ernst! —gritó, pero su voz no llegó hasta él.

Pierrot vio cómo se abría la puerta de una casita sencilla y sin nada de particular y el chófer desaparecía en su interior. Esperó a que la calle quedara desierta una vez más y se dirigió hasta a la ventana para acercar la cara al cristal.

No se veía a nadie en la salita de estar, que estaba llena de libros y discos, pero más allá de la puerta abierta de esa habitación distinguió a Ernst con un hombre al que no había visto nunca, ambos de pie. Estaban en plena conversación, y Pierrot vio que el desconocido abría un armario y sacaba lo que parecía un frasco de medicamento y una jeringa. Perforó la tapa del frasco con la aguja, extrajo un poco de líquido de su interior y, acto seguido, lo inyectó en un bizcocho que había encima de la mesa junto a él; luego extendió los brazos como queriendo decir: «Así de simple.» Ernst asintió, cogió el frasco y la jeringa y se los metió en el bolsillo del abrigo mientras el hombre recogía el bizcocho y lo arrojaba a la basura. Cuando el chófer se volvió para dirigirse de nuevo a la puerta, Pierrot echó a correr hasta doblar la esquina, pero se quedó lo bastante cerca para oír lo que decían.

—Buena suerte —dijo el extraño.

—Sí, buena suerte para todos nosotros —respondió Ernst.

Pierrot recorrió el camino de vuelta al ayuntamiento, deteniéndose tan sólo para poner las llaves en el contacto del coche al pasar. Luego entró en la sala de actos y ocupó un asiento cerca de primera fila para escuchar el final del discurso del Führer. Estaba diciendo que el año siguiente, 1941, sería un gran año para Alemania y que el mundo reconocería por fin su firme resolución a medida que se acercara la victoria. Pese al ambiente de celebración, pronunciaba aquellas frases a voz en cuello, como si reprendiera a su público. Pero la gente respondía a su vez a grito pelado, encantada y exaltada hasta el frenesí por su maníaco entusiasmo. Hitler golpeaba repetidamente el atril, haciendo que Eva cerrara los ojos y diera un brinco cada vez, y cuantos más golpes daba, más lo aclamaba la multitud, y los brazos se alzaban como uno solo, como si formaran un único cuerpo conectado por una única mente, y todos gritaban «*Sieg Heil! Sieg Heil! Sieg Heil!*», con Pierrot en medio, su voz tan alta como las demás, su pasión igual de intensa, su fe tan firme como la de cualquiera de ellos.

En Nochebuena, el Führer celebró una pequeña fiesta con el personal del Berghof para agradecerles los servicios prestados durante todo el año. Aunque no hizo regalos personales, unos días antes sí le había preguntado a Pierrot si había algo especial que le gustaría tener, pero él no quería parecer un crío entre adultos y había declinado el ofrecimiento.

Emma se había lucido preparando un verdadero festín: un bufet con pavo, pato y ganso, un maravilloso relleno de manzana y arándano muy bien condimentado, tres clases distintas de patatas, chucrut y un abanico de platos de hortalizas para el Führer. Todos disfrutaban de la comida alegremente, con Hitler yendo de aquí para allá y de uno a otro, y todavía hablando de política. No importaba qué dijera, todos asentían y le decían que tenía toda la razón. Podría haber dicho que la Luna era en realidad un queso, y todos le habrían contestado: «Por supuesto, *mein* Führer. Un queso de Limburgo.»

Pierrot observaba a su tía, que aquella noche parecía más nerviosa de lo habitual, y no le quitaba ojo a Ernst, que estaba increíblemente tranquilo.

—¡Tómate una copa, Ernst! —exclamó el Führer, y sirvió una copa de vino al chófer—. Esta noche no requeriremos tus servicios. Al fin y al cabo, es Nochebuena. Disfruta un poco.

—Gracias, *mein* Führer —contestó él.

Aceptó la copa, que levantó en un brindis por el líder, y éste correspondió a los aplausos con una inclinación de cabeza y una insólita sonrisa.

—¡Ay, el *Stollen*! —exclamó Emma cuando las bandejas sobre la mesa estaban casi vacías—. ¡Casi se me olvida el *Stollen*!

Pierrot la observó traer de la cocina un hermoso *Stollen* y dejarlo sobre la mesa. El aroma a frutas, mazapán y especias llenaba el aire. Se había esforzado al máximo en darle al postre la forma del Berghof, con azúcar glas espolvoreada encima para simular la nieve, aunque habría hecho falta un crítico generoso para ensalzar su talento como escultora. Beatrix, muy pálida, clavó la vista en el *Stollen* y luego se volvió para mirar a Ernst, quien parecía decidido a no cruzar su mirada con ella. Pierrot observó con inquietud cómo Emma sacaba un cuchillo del bolsillo del delantal y empezaba a cortarlo.

—Tiene una pinta maravillosa, Emma —dijo Eva, sonriendo de oreja a oreja.

—¡El primer trozo para el Führer! —exclamó Beatrix, aunque no pudo evitar que le temblara un poco la voz.

—Sí, por supuesto —secundó Ernst—. Tiene que decirnos si está tan bueno como parece.

—Por desgracia, no me siento capaz de comer más —declaró Hitler, dándose palmaditas en el vientre—. Lo cierto es que estoy a punto de explotar.

—¡Oh, pero tiene que probarlo, *mein* Führer! —exclamó Ernst al instante. Y cuando advirtió la cara de sorpresa de todos ante su entusiasmo, se apresuró a añadir—: Lo siento, sólo quería decir que debería darse ese gusto. Ha hecho mucho por todos nosotros durante este año. Sólo un trozo, por favor, para celebrar las fiestas. Después, los demás podremos probar un poco.

Emma cortó una generosa porción, la puso en un plato junto con un tenedor de postre y se la tendió al Führer, que la miró unos instantes sin saber qué hacer, hasta que por fin rió y la aceptó.

—Tienes razón, por supuesto —dijo—. La Navidad no es lo mismo sin un *Stollen*.

Entonces cortó un trocito con el costado del tenedor y se lo llevó a los labios.

—¡Alto! —exclamó Pierrot, dando un salto—. ¡Espere!

Todos lo miraron presos del asombro cuando corrió para plantarse junto al Führer.

—¿Qué pasa, Pieter? —preguntó Hitler—. ¿Quieres para ti el primer trozo? Pensaba que tenías mejores modales.

—Deje ese *Stollen* —ordenó Pierrot.

Durante unos instantes, reinó un silencio absoluto.

—¿Perdona? —dijo finalmente el Führer con frialdad.

—Deje ese *Stollen*, *mein* Führer —repitió Pierrot—. Creo que no debería comérselo.

Nadie pronunció palabra mientras Hitler miraba del niño al *Stollen* y de nuevo a Pierrot.

—¿Y por qué no, si puede saberse? —preguntó desconcertado.

—Creo que puede haber algo malo en él —contestó Pierrot con voz tan temblorosa como la de su tía un momento antes.

Quizá sus sospechas no fueran ciertas. Quizá estaba haciendo el ridículo y el Führer nunca le perdonaría aquel estallido.

—¡Cómo que hay algo malo en mi *Stollen*! —exclamó Emma, rompiendo el silencio—. Deberías saber, jovencito, que llevo más de veinte años preparando ese postre ¡y jamás he oído una queja!

—Pieter, estás cansado —intervino Beatrix, dando un paso adelante y poniéndole las manos en los hombros para tratar de hacerlo retroceder—. Discúlpelo, *mein* Führer. Es toda la emoción por la Navidad, ya sabe cómo son los niños.

—¡Suéltame! —gritó Pierrot apartándose, y ella dio un paso atrás y se llevó una mano a la boca, horrorizada—. No vuelvas a ponerme las manos encima, ¿me oyes? ¡Eres una traidora!

—Pieter —dijo el Führer—. ¿Qué pretendes...?

—Hace unos días me preguntó si quería algo por Navidad —lo interrumpió él.

—Pues sí, lo hice. ¿Y?

—Bueno, pues he cambiado de opinión. Sí que quiero algo. Algo muy simple.

El Führer paseó su mirada por la habitación con un atisbo de sonrisa en la cara, como si esperase que alguien le explicara todo aquello.

—Muy bien, y ¿qué es? Dímelo.

—Quiero que Ernst se coma el primer trozo.

Nadie habló. Nadie se movió. El Führer dio unos golpecitos con el dedo en el borde del plato mientras cavilaba sobre todo aquel enredo, y por fin se volvió despacio, muy despacio, para mirar a su chófer.

—Quieres que Ernst se coma el primer trozo —repitió en voz baja.

—No, *mein* Führer —insistió el chófer, la voz se le quebró un poco—. No puedo hacerlo. Estaría mal. El honor del primer trozo es sólo suyo. Ha hecho... —El miedo empezaba a hacerlo vacilar— tanto... por todos...

—Pero es Navidad —dijo el Führer, dirigiéndose hacia él, y Herta y Ange se apartaron para dejarle paso—. Y a los jóvenes debería concedérseles lo que han pedido, si han sido buenos. Y Pieter ha sido muy muy bueno.

Plantó el plato delante de Ernst, clavándole la mirada.

—Cómetelo. Cómetelo todo. Dime lo bueno que está.

Dio un paso atrás y Ernst se llevó el tenedor a la boca y lo miró unos instantes, pero, de repente, se lo arrojó al Führer y salió corriendo del salón, mientras el plato caía al suelo y se rompía y Eva soltaba un grito.

180

—¡Ernst! —exclamó Beatrix.

Los guardias corrieron tras el chófer, y Pierrot oyó gritos procedentes del exterior cuando forcejeaban con él, hasta que lo redujeron y se lo llevaron a rastras. Iba gritando que lo soltaran, que lo dejaran en paz, mientras Beatrix, Emma y las criadas observaban la escena horrorizadas.

—¿Qué es todo esto? —preguntó Eva mirando alrededor, llena de confusión—. ¿Qué está pasando? ¿Por qué no ha querido comérselo?

—Ha tratado de envenenarme —contestó el Führer con tristeza—. Estoy muy decepcionado.

Y tras aquellas palabras, se dio la vuelta, se alejó pasillo abajo, entró en su despacho y cerró la puerta tras de sí. Unos instantes después, volvió a abrirla y llamó a Pierrot a voz en cuello.

Pierrot tardó mucho rato en dormirse aquella noche, y no precisamente por la emoción de que a la mañana siguiente fuera Navidad. Interrogado por el Führer durante más de una hora, le había revelado de forma voluntaria cuanto había visto y oído desde su llegada al Berghof: las sospechas que le había despertado Ernst y la gran decepción que le había producido que su tía traicionase a la Patria del modo en que lo había hecho. Hitler permaneció en silencio durante gran parte de su declaración y se limitó a hacer preguntas de vez en cuando; le interesaba saber si Emma, Herta, Ange o alguno de sus guardias habían estado implicados en el plan, pero al parecer sabían tan poco sobre lo que tramaban Ernst y Beatrix como el propio Führer.

—¿Y tú, Pieter? —preguntó antes de dejarlo marchar—. ¿Cómo es que no se te ha ocurrido acudir a mí con tus preocupaciones?

—No he comprendido lo que pretendían hacer hasta esta misma noche —respondió él, y su rostro enrojeció de inquietud ante la posibilidad de que el Führer lo implicara a él también en lo sucedido y lo echara del Obersalzberg—. Ni siquiera estaba seguro de que fuera usted de quien hablaba Ernst. Sólo me he dado cuenta en el último momento, cuando ha insistido en que se comiera el *Stollen*.

El Führer aceptó lo que le decía y lo mandó a la cama, donde Pierrot dio vueltas y más vueltas hasta que por fin consiguió dormirse. En sus sueños aparecieron imágenes inquietantes de sus padres, el tablero de ajedrez en el sótano del restaurante de monsieur Abrahams, las calles en torno a la avenue Charles-Floquet. Soñó también con *D'Artagnan* y con Anshel, y con las historias que su amigo solía mandarle. Y entonces, justo cuando todo se volvía confuso en su subconsciente, despertó sobresaltado y se incorporó hasta quedar sentado en la cama, con la cara empapada de sudor.

Se llevó una mano al pecho, esforzándose para que llegara aire suficiente a sus pulmones, y en ese momento oyó un murmullo de voces y el crujir de las botas en la gravilla de fuera. Se bajó de un salto de la cama, se acercó a la ventana y separó las cortinas para ver los jardines que se extendían hacia la parte trasera del Berghof. Los soldados habían llevado dos coches, el de Ernst y otro más, y estaban aparcados frente a frente y con los faros encendidos, bañando con una luz irreal una zona en el centro de la explanada de hierba. Había tres soldados de espaldas a la casa, y Pierrot vio entonces a otros dos llevar a Ernst hasta el punto en que confluían los haces de luz, que le confirieron un aspecto un tanto fantasmal. Le habían arrancado la camisa para molerlo a palos: tenía un ojo cerrado por la hinchazón, y la sangre que manaba de una herida en el nacimiento del pelo le corría por la cara. En su abdomen se había formado un moretón oscuro. Llevaba las manos atadas a la espalda y, aunque las piernas amenazaban con ceder, estaba muy erguido, como un hombre.

Un instante después apareció el Führer en persona, con abrigo y sombrero, y se plantó a la derecha de los soldados; no dijo una palabra, se limitó a asentir con la cabeza cuando levantaron los rifles.

—¡Muerte a los nazis! —gritó Ernst al tiempo que resonaban los disparos.

Pierrot se aferró al alféizar, horrorizado, cuando vio caer al suelo el cuerpo del chófer; entonces, uno de los guardias que lo había llevado al lugar donde acababa de encontrar la muerte se acercó a él a grandes zancadas, desenfundó su pistola y le descerrajó un tiro en la cabeza. Hitler volvió a asentir, y retiraron el cuerpo de Ernst arrastrándolo por los pies.

Pierrot se llevó una mano a la boca para no gritar y cayó al suelo con la espalda apoyada en la pared. Nunca había visto nada semejante. Estaba a punto de vomitar.

«Tú has hecho esto —dijo una voz en su cabeza—. Tú lo has matado.»

—Pero era un traidor —respondió en voz alta—. ¡Traicionó a la Patria! ¡Traicionó al mismísimo Führer!

Se quedó donde estaba, tratando de serenarse, ignorando el sudor que le corría bajo la camisa del pijama, hasta que, finalmente, cuando sintió que tenía la fuerza suficiente, se puso en pie y se arriesgó a mirar al exterior.

Justo en aquel instante, oyó una vez más el crujir de las pisadas de los guardias, y luego unas voces de mujer que gritaban histéricas. Cuando miró abajo, vio que Emma y Herta habían salido de la casa y estaban junto al Führer, rogándole algo. La cocinera estaba casi de rodillas, en actitud implorante. Pierrot frunció el ceño, incapaz de comprender qué ocurría. Al fin y al cabo, Ernst estaba muerto. Era demasiado tarde para suplicar por su vida.

Y entonces la vio.

Conducían a su tía Beatrix al mismo sitio donde Ernst había caído unos minutos antes.

A ella, sin embargo, no le habían atado las manos a la espalda, aunque su cara reflejaba que la habían golpeado con igual saña y tenía la blusa desgarrada en la pechera. Su tía no dijo nada, pero miró unos instantes hacia las mujeres con expresión de agradecimiento antes de volverse. El Führer soltó un grito aterrador, dirigido a la cocinera y la criada, y entonces apareció Eva y se llevó a las dos llorosas mujeres de vuelta al interior de la casa.

Pierrot miró hacia su tía y la sangre se le heló en las venas al comprobar que alzaba la vista hacia su ventana. Sus miradas se encontraron y él tragó saliva, sin saber muy bien qué hacer, pero antes de que pudiera decidirse, los disparos resonaron, como un insulto a la calma de las montañas. El cuerpo de Beatrix cayó sobre la hierba. Pierrot se limitó a seguir mirando, incapaz de moverse. Y entonces, una vez más, el sonido de una bala solitaria desgarró la noche.

«Pero tú estás a salvo —habló la voz de nuevo—. Y ella era una traidora, igual que Ernst. Los traidores deben recibir su castigo.»

Pierrot cerró los ojos mientras se llevaban el cuerpo a rastras, y cuando volvió a abrirlos, esperando que el jardín estuviera desierto, vio a un hombre en el centro, alzando la vista hacia él como lo había hecho Beatrix un momento antes.

Pierrot permaneció muy quieto cuando su mirada se encontró con la de Adolf Hitler. Supo qué tenía que hacer. Entrechocando los talones, alzó el brazo derecho hacia adelante, con las yemas de los dedos rozando el cristal, y le ofreció el saludo que ya se había convertido en una parte de él.

Era Pierrot quien se había levantado de la cama aquella mañana, pero fue Pieter quien volvía a ella en ese momento y se sumía en un sueño profundo.

TERCERA PARTE

1942-1945

11

Un proyecto especial

Hacía casi una hora que había dado comienzo la reunión cuando los dos hombres llegaron por fin. Pieter observó desde el estudio cómo Kempka, el nuevo chófer, detenía el vehículo ante la puerta principal, y bajó a toda prisa para recibir a los oficiales cuando se apearan del coche.

—*Heil, Hitler!* —exclamó a pleno pulmón, firmes y llevando a cabo el saludo nazi.

Herr Bischoff, el más bajo y corpulento de los dos, se llevó una mano al corazón, sorprendido.

—¿Tiene que gritar tan fuerte? —preguntó al chófer, quien miró al niño con expresión de desdén—. ¿Y quién es, por cierto?

—Soy el *Scharführer* Fischer —declaró Pieter, dándose golpecitos en las caponas para señalar los dos rayos blancos contra un fondo negro—. Kempka, entra las maletas.

—Por supuesto, señor —respondió el chófer, y cumplió las órdenes del niño sin vacilación.

El otro hombre, un *Obersturmbannführer*, según su insignia, llevaba el brazo derecho enyesado. Dio un paso adelante para examinar los distintivos que lucía Pieter antes de mirarlo a los ojos sin el más leve atisbo de calidez o simpatía. Algo en el rostro de aquel oficial le resultaba familiar, pero no consiguió situarlo. Estaba seguro de no haberlo visto antes en el Berghof, pues llevaba un cuidadoso registro de todos los oficiales importantes que acudían de visita, pero en algún recoveco de su memoria abrigaba la certeza de que sus caminos se habían cruzado ya.

—*Scharführer* Fischer —repitió el hombre en voz baja—. ¿Eres miembro de las Juventudes Hitlerianas?

—Sí, *mein Obersturmbannführer*.

—¿Y qué edad tienes?

—Trece años, *mein Obersturmbannführer*. El Führer me confirió el rango un año antes que a otros chicos, por un gran servicio que les presté a él y a la Patria.

—Ya veo. Pero sin duda un jefe de unidad necesita una unidad, ¿no?

—Sí, *mein Obersturmbannführer* —respondió Pieter mirando al frente.

—Bueno, ¿y dónde está?

—*Mein Obersturmbannführer?*

—Tu unidad. ¿Cuántos miembros de las Juventudes Hitlerianas se encuentran bajo tu mando? ¿Una docena? ¿Veinte? ¿Cincuenta?

—No hay miembros de las Juventudes Hitlerianas presentes en el Obersalzberg. —Fue la respuesta de Pieter.

—¿Ninguno?

—No, *mein Obersturmbannführer* —contestó él, avergonzado.

Pese a que se sentía orgulloso de su nombramiento, Pieter sentía vergüenza por no haber recibido instrucción ni vivido o pasado un tiempo con otros miembros de la organización, y aunque el Führer le concedía de vez en cuando un nuevo título, una especie de ascenso, quedaba claro que eran, en gran medida, honorarios.

—Un jefe de unidad sin unidad —comentó el oficial, volviéndose para sonreír a Herr Bischoff—. Nunca había oído nada semejante.

Pieter sintió que enrojecía y deseó no haber salido. Se dijo que le tenían celos, nada más. Algún día, cuando fuera poderoso de verdad, les haría pagar por todo aquello.

—¡Karl! ¡Ralf! —exclamó el Führer saliendo de la casa, y descendió por los peldaños con paso firme para estrechar las manos de los dos hombres—. Por fin... ¿cómo es que llegan tan tarde?

—Discúlpeme, *mein* Führer —intervino Kempka, que entrechocó los talones y saludó a la manera nazi—. El tren de Múnich a Salzburgo venía con retraso.

—¿Por qué te disculpas, entonces? —quiso saber Hitler, quien no tenía una relación tan amistosa con el nuevo chófer como la que había mantenido con su predecesor; y eso que, como había señalado Eva una noche, cuando se lo mencionó, al menos Kempka no había intentado matarlo—. No lo has retrasado tú, ¿no? Pasen, caballeros. Heinrich ya está dentro. Me reuniré con ustedes dentro de unos minutos. Pieter les mostrará el camino hasta mi estudio.

Los dos oficiales siguieron al chico pasillo abajo, y cuando éste abrió la puerta de la habitación en la que esperaba Himmler, el *Reichsführer* se obligó a sonreír mientras estrechaba las manos de ambos. Pieter advirtió que se mostraba amistoso con Bischoff, pero le pareció un poco más hostil con su acompañante.

Cuando dejó solos a los oficiales y cruzó la casa de nuevo, vio al Führer de pie ante una ventana, leyendo una carta.

—*Mein* Führer —dijo, acercándose a él.

—¿Qué pasa, Pieter? Estoy ocupado —contestó Hitler, que se metió la carta en el bolsillo y se volvió a mirarlo.

—Confío en haberle dado pruebas de mi valía, *mein* Führer —dijo Pieter, poniéndose firmes.

—Sí, claro que lo has hecho. ¿Por qué lo pones en duda?

—Es por algo que ha dicho el *Obersturmbannführer* sobre que tengo un cargo sin responsabilidades.

—Tienes muchas responsabilidades, Pieter. Formas parte de la vida en el Obersalzberg. Y luego están tus estudios, por supuesto.

—Pensaba que quizá podría ayudarlo más en su lucha.

—¿Ayudarme? ¿En qué sentido?

—Me gustaría combatir. Soy fuerte, estoy sano, tengo...

—Trece años —interrumpió el Führer con un atisbo de sonrisa—. Pieter, sólo tienes trece años. Y el ejército no es lugar para un niño.

Pieter sintió que enrojecía de pura frustración.

—No soy ningún niño, *mein* Führer. Mi padre luchó por la Patria. Yo también deseo hacerlo. Quiero hacer que usted se sienta orgulloso de mí y devolverle el honor a mi apellido, que tan mancillado se ha visto.

El Führer soltó un resoplido mientras reflexionaba.

—¿Te has preguntado alguna vez por qué te tengo aquí?

Pieter negó con la cabeza.

—¿Por qué, *mein* Führer?

—Cuando aquella traidora, cuyo nombre no mencionaré, me preguntó si podías venir a vivir aquí, al Berghof, al principio me mostré escéptico. No tengo experiencia con los niños. Como sabrás, no he tenido hijos. No estaba seguro de querer tener a un crío correteando por aquí, metiéndose en medio todo el rato. Pero siempre he sido un hombre compasivo, de modo que accedí, y nunca has hecho que lamentara mi decisión. Eres un chico tranquilo y aplicado. Cuando los crímenes de esa mujer salieron a la luz, hubo quienes dijeron que debía despacharte o incluso hacerte correr el mismo destino que ella.

Pieter abrió mucho los ojos. ¿Alguien había sugerido que lo fusilaran a él por las atrocidades de Beatrix y Ernst? ¿Quién habría sido? ¿Uno de los soldados, quizá? ¿Herta o Ange? ¿Emma? Ellos detestaban su autoridad en el Berghof. ¿Habrían deseado verlo muerto por eso?

—Pero dije que no —continuó el Führer, que chasqueó los dedos cuando vio pasar a *Blondi*; la perra se le acercó y le apoyó el hocico en la mano—. «Pieter es mi amigo», les dije, «Pieter vela por mi bienestar, Pieter nunca me fallará. Pese a su herencia, pese a su despreciable familia, pese a todo». Dije que te tendría aquí conmigo hasta que fueras un hombre. Pero aún no lo eres, mi pequeño Pieter.

El chico palideció ante aquel adjetivo y sintió una oleada de frustración en su interior.

—Cuando seas mayor, tal vez pueda hacer algo más por ti. Claro que para entonces hará mucho tiempo que la guerra habrá acabado. Obtendremos la victoria en el curso del próximo año, es obvio que sí. Entretanto, debes continuar con tus estudios, eso es lo primordial. Y dentro de unos años, habrá un puesto importante esperándote dentro del Reich. Estoy seguro de ello.

Pieter asintió con la cabeza, decepcionado, pero era lo bastante sensato como para no cuestionar al Führer o intentar convencerlo de que cambiara de parecer. En más de una ocasión había presenciado la rapidez con la que podía perder los estribos, y pasar de mostrarse benévolo a estar furioso. Así que entrechocó los talones, hizo el saludo tradicional y volvió a salir al jardín, donde Kempka estaba apoyado en el coche fumando un pitillo.

—¡Ponte derecho! —exclamó Pieter—. No hundas los hombros.

Y el chófer se puso derecho al instante.

Y dejó de hundir los hombros.

A solas en la cocina, Pieter abría latas de galletas y armarios en busca de algo de comer. De un tiempo a esa parte siempre tenía hambre y, no importaba cuánto comiera, nunca quedaba satisfecho. Según Herta, aquello era algo típico en los adolescentes. Levantó la tapa de una bandeja para tartas y sonrió al ver un biz-cocho de chocolate recién hecho, esperándolo. Estaba a punto de hincarle el cuchillo cuando Emma apareció en la puerta.

—Como le pongas un solo dedo encima a ese biz-cocho, Pieter Fischer, no te darás ni cuenta y estarás sobre mis rodillas para darte con la cuchara de ma-dera.

Pieter se volvió y la miró con frialdad; ya había encajado bastantes insultos por un día.

—¿No te parece que soy un poco mayor para esas amenazas?

—No, no me lo parece —contestó ella, y lo apartó para volver a colocar la campana sobre el bizcocho—. Cuando estés en la cocina, tendrás que seguir mis nor-mas. No me importa que te sientas muy importante. Si tienes hambre, en la nevera hay unas sobras de pollo. Puedes prepararte un sándwich.

Pieter abrió la puerta de la nevera y echó un vista-zo. En efecto, había un plato con pollo en un estante, junto con un cuenco de relleno y otro de mayonesa recién hecha.

—Perfecto —soltó dando una palmada—. Qué pinta tan deliciosa. Puedes preparármelo tú, y luego tomaré algo dulce.

Se sentó a la mesa y Emma se quedó mirándolo con los brazos en jarras.

—Yo no soy tu maldita sirvienta. Si quieres un sándwich, prepáratelo tú mismo. Tienes manos, ¿no?

—La cocinera eres tú —dijo él sin alzar la voz—, y yo soy un *Scharführer* hambriento. Me prepararás un sándwich.

Emma no se movió, pero Pieter advirtió que no sabía muy bien cómo reaccionar.

—¡Ahora! —bramó él, dejando caer el puño sobre la mesa.

Emma se puso firmes y empezó a murmurar por lo bajo mientras sacaba los ingredientes de la nevera y abría la panera para cortar dos rebanadas gruesas. Cuando el sándwich estuvo listo y lo dejó ante Pieter, él alzó la vista y sonrió.

—Gracias, Emma —dijo tranquilamente—. Parece riquísimo.

Ella lo miró a los ojos un buen rato.

—Debe de ser un rasgo de familia. A tu tía Beatrix también le encantaba el sándwich de pollo. Aunque ella sabía preparárselo solita.

Pieter apretó los dientes y sintió una oleada de furia en su interior. Él no tenía una tía con el nombre de Beatrix, se dijo. Ése había sido un niño completamente distinto. Un niño que se llamaba Pierrot.

—Por cierto —añadió Emma, hurgando en el bolsillo del delantal—. Esto ha llegado hace un rato para ti.

Le tendió un sobre. Pieter observó la letra familiar unos instantes y se lo devolvió sin abrir.

—Quémalo. Y cualquier otro que reciba como éste.

—Es de aquel viejo amigo tuyo de París, ¿verdad? —preguntó Emma, sosteniendo el sobre ante la luz, como si así pudiera ver las palabras en su interior a través del papel.

—He dicho que lo quemes —espetó él—. Yo no tengo amigos en París, y mucho menos ese judío que insiste en escribirme para contarme lo terrible que es ahora su vida. Debería alegrarse de que París haya caído en manos de los alemanes. Tiene suerte de que le permitan vivir allí todavía.

—Me acuerdo de cuando llegaste aquí —dijo Emma en voz baja—. Te sentaste ahí, en ese taburete, y me hablaste del pequeño Anshel, de cómo cuidaba de tu perro por ti, y de que usabais un lenguaje de signos especial que sólo vosotros dos entendíais. Él era el zorro, y tú el perro, y...

Pieter no la dejó acabar la frase. Se levantó de un salto y le arrancó el sobre de las manos con tanta fuerza que Emma resbaló, se tambaleó hacia atrás y acabó en el suelo. Soltó un grito, aunque no podía haberse hecho mucho daño.

—Pero ¿qué te pasa? —siseó él—. ¿Por qué tienes que faltarme siempre al respeto de esa manera? ¿No sabes quién soy?

—¡No! —exclamó ella con la voz llena de emoción—. No lo sé. Pero sí sé quién eras antes.

Pieter sintió que sus manos se crispaban hasta volverse puños, pero antes de que pudiera decir nada, el Führer abrió la puerta y asomó la cabeza.

—¡Pieter! Ven conmigo, ¿quieres? Necesito tu ayuda.

Hitler miró a Emma, pero no pareció ni reparar siquiera en el hecho de que estuviera en el suelo de la cocina. Pieter arrojó la carta al fuego y bajó la vista hacia la cocinera.

—No quiero recibir más cartas de ésas, ¿entendido? Si llega alguna, tírala. Si me entregas otra, haré que lo lamentes. —Cogió el sándwich, que no había tocado, de la mesa, lo tiró al cubo de basura y añadió—: Puedes prepararme otro más tarde. Cuando lo quiera, te lo haré saber.

—Como puedes ver, Pieter —dijo el Führer cuando entró en la habitación—, el *Obersturmbannführer* aquí presente se ha hecho daño. Un asuntillo con un matón que lo atacó en plena calle.

—Me rompió el brazo —comentó el hombre tranquilamente, como si no tuviera mucha importancia—, así que yo le rompí el cuello.

Himmler y Herr Bischoff levantaron la vista de la mesa que había en el centro de la habitación, cubierta de fotografías y muchas páginas con planos, y rieron.

—Sea como fuere, por el momento no puede escribir, de modo que necesita que alguien tome notas por él. Siéntate, quédate calladito y escribe lo que digamos. Sin interrupciones.

—Por supuesto, *mein* Führer —respondió Pieter, recordando el miedo que había pasado casi cinco años atrás, cuando el duque de Windsor se había sentado en aquella misma habitación y él había hablado cuando no tocaba.

Al principio se sintió reacio a ocupar el escritorio del Führer, pero los cuatro hombres se habían reunido en torno a la mesa, así que no le quedaba otra. Se sentó, apoyó las palmas abiertas en el sobre de madera y experimentó una enorme sensación de poder cuando paseó la mirada por el estudio flanqueado por las banderas del Estado alemán y el partido nazi. No pudo sino imaginar cómo sería sentarse allí cuando uno estaba al mando.

—Pieter, ¿estás prestando atención? —espetó Hitler, volviéndose para mirarlo.

El chico se enderezó, acercó un bloc hacia sí, cogió una pluma del escritorio, desenroscó el capuchón y se dispuso a escribir lo que se dijera.

—Bueno, pues aquí, señores, tenemos el solar propuesto —empezó Herr Bischoff señalando una serie de planos esquemáticos—. Como sabrá, *mein* Führer, los dieciséis edificios que había aquí se han remodelado para que hagamos uso de ellos, pero sencillamente no hay suficiente espacio para la cantidad de prisioneros que están por llegar.

—¿Cuántos hay ahí en este momento? —quiso saber el Führer.

—Más de diez mil —contestó Himmler—. Polacos en su mayoría.

—Y esto —continuó Herr Bischoff, indicando una zona extensa en torno al campo— es lo que yo llamo «la zona de interés». Unos cuarenta kilómetros cuadrados de tierras que serían perfectas para nuestras necesidades.

—¿Y están despobladas en este momento? —preguntó Hitler, resiguiendo el mapa con el dedo.

—No, *mein* Führer —respondió Herr Bischoff—. Están ocupadas por terratenientes y granjeros. Imagino que tendríamos que considerar comprárselas.

—También pueden confiscarse —intervino el *Obersturmbannführer* con un gesto de indiferencia—. Las tierras se requisarán para uso del Reich. Los residentes tendrán que entenderlo, quieran o no.

—Pero...

—Por favor, continúe, Herr Bischoff —pidió el Führer—. Ralf está en lo cierto. Esas tierras serán confiscadas.

—Por supuesto —respondió el hombre, y Pieter advirtió que su calva empezaba a perlarse de sudor—. Y aquí están los planos que he trazado para el segundo campo.

—¿Qué tamaño tendrá?

—Alrededor de ciento setenta hectáreas.

—¿Tan grande es? —Hitler alzó la vista del mapa, claramente impresionado.

—Yo mismo he estado allí, *mein* Führer —intervino Himmler, con una expresión de orgullo en el rostro—. En cuanto vi el sitio, supe que serviría para nuestros propósitos.

—Mi buen y leal Heinrich —dijo Hitler con una sonrisa, y le apoyó la mano en el hombro un momento mientras miraba los planos.

Himmler sonrió de oreja a oreja, encantado con el cumplido.

—Lo he proyectado para que incluya trescientos edificios —prosiguió Herr Bischoff—. Será el mayor campo de su clase en toda Europa. Como verán, he utilizado un diseño bastante formal, pero eso permitirá que a los guardias les sea más fácil...

—Claro, claro —interrumpió Hitler—. Pero ¿a cuántos prisioneros podrán albergar esos trescientos edificios? No me parecen tantos.

—Pero *mein* Führer —terció Herr Bischoff, abriendo mucho los brazos—, no son pequeños. Cada uno de ellos puede albergar entre seiscientas y setecientas personas.

Hitler alzó la mirada y cerró un ojo mientras hacía cálculos.

—Y eso significaría...

—Doscientos mil —intervino Pieter desde detrás del escritorio; había vuelto a hablar sin pretenderlo, pero en esa ocasión el Führer no lo miró indignado sino con satisfacción.

Volviéndose de nuevo hacia los oficiales, Hitler negó con la cabeza de puro asombro.

—¿Es correcto eso?

—Sí, *mein* Führer —contestó Himmler—. Aproximadamente.

—Extraordinario. Ralf, ¿cree que puede supervisar a doscientos mil prisioneros?

El *Obersturmbannführer* asintió sin titubear.

—Y me enorgullecerá mucho hacerlo.

—Esto es estupendo, caballeros —dijo el Führer, asintiendo para mostrar su aprobación—. Y ¿qué me dicen de la seguridad?

—Propongo dividir el campo en nueve secciones —explicó Herr Bischoff—. Puede ver aquí mis planos para las distintas zonas. Ahí, por ejemplo, están los barracones de las mujeres. Y ahí, los de los hombres. Cada uno de ellos estará rodeado por una alambrada...

—Una alambrada electrificada —se apresuró a puntualizar Himmler.

—Sí, *mein Reichsführer*, por supuesto. Una alambrada electrificada. Será imposible que ninguno de los presos escape de su sección. Pero, incluso si sucediera lo imposible, el campo entero estará rodeado por una segunda valla electrificada. Tratar de huir será un suicidio. Y por supuesto, habrá torres de vigilancia por todas partes. Los soldados podrán apostarse en ellas, listos para disparar a cualquiera que trate de echar a correr.

—¿Y esto? —quiso saber el Führer, que señalaba una zona en la parte superior del mapa—. ¿Qué es? Aquí dice «Sauna».

—Propongo instalar ahí las cámaras de vapor —explicó Herr Bischoff—. Para desinfectar la ropa de los prisioneros. Cuando lleguen, estarán cubiertos de piojos y otras plagas. No queremos que se propaguen enfermedades por el campo. Tenemos que pensar en nuestros valientes soldados alemanes.

—Ya veo —dijo Hitler, paseando la mirada por el complejo proyecto como si buscara algo en particular.

—Las cámaras estarán diseñadas para que parezcan duchas —intervino Himmler—. Sólo que del techo no saldrá agua.

Pieter alzó la vista de su bloc de notas y frunció el ceño.

—Disculpe, *mein Reichsführer* —dijo.

—¿Qué pasa, Pieter? —quiso saber Hitler, volviéndose para mirarlo al tiempo que exhalaba un suspiro.

—Perdón, es que me parece que debo de haber oído mal. Me ha parecido que decían que de las duchas no saldría agua.

Los cuatro hombres miraron fijamente al muchacho y durante unos instantes nadie habló.

—Basta de interrupciones, por favor, Pieter —dijo por fin el Führer en voz baja, y se volvió.

—Discúlpeme, *mein* Führer. Es que no quiero cometer ningún error en mi transcripción para el *Obersturmbannführer*.

—No has cometido ningún error. A ver, Ralf, estaba hablando de la capacidad...

—Para empezar, unos mil quinientos por día. Antes de que pase un año podremos duplicar esa cifra.

—Muy bien. Lo importante es que seamos sistemáticos en la rotación de prisioneros. Para cuando hayamos ganado la guerra, necesitamos tener la seguridad de que heredamos un mundo puro para nuestros propósitos. Ha creado usted algo muy bello, Karl.

El arquitecto pareció aliviado e hizo una inclinación de cabeza.

—Gracias, *mein* Führer.

—Muy bien, sólo queda preguntar cuándo empezamos con las tareas de construcción.

—Si da la orden, *mein* Führer, podemos empezar a trabajar esta semana —dijo Himmler—. Y si Ralf es tan bueno en lo que hace como todos sabemos que es, el campo estará en funcionamiento en octubre.

—No hace falta que se preocupe por eso, Heinrich —respondió el *Obersturmbannführer* con una sonrisa amarga—. Si el campo no está listo para entonces, puede encerrarme a mí también allí como castigo.

Pieter notó que empezaba a cansársele la mano de tanto escribir, pero algo en el tono del *Obersturmbannführer* hizo aflorar un recuerdo en su memoria y alzó la vista para mirar fijamente al comandante que dirigiría el campo de prisioneros. Se acordó de dónde lo había visto antes. Fue seis años atrás, cuando él corría hacia el tablón de salidas y llegadas en Mannheim en busca del andén del tren con destino Múnich. Era el hombre del uniforme gris piedra con el que había chocado y que le había pisado los dedos mientras Pieter estaba en el suelo. El hombre que le habría roto la mano de no haber aparecido entonces su mujer y sus hijos para llevárselo.

—Esto está muy bien —dijo el Führer con una sonrisa y frotándose las manos—. Es una gran empresa, caballeros; quizá la más grande que ha acometido nunca el pueblo alemán. Heinrich, considere dada la orden: puede empezar las obras en el campo de inmediato. Ralf, usted regresará allí enseguida y supervisará la operación.

—Por supuesto, *mein* Führer.

El *Obersturmbannführer* hizo el saludo nazi y entonces se dirigió hasta donde estaba Pieter y se plantó ante él.

—¿Qué? —preguntó el chico.

—Tus notas —respondió el *Obersturmbannführer*.

Pieter le tendió el bloc, donde había tratado de garabatear casi todo lo que habían dicho los cuatro hombres, y el *Obersturmbannführer* lo observó unos instantes. Luego se volvió, se despidió de todos y abandonó la habitación.

—Tú también puedes retirarte Pieter —dijo el Führer—. Sal fuera a jugar, si te apetece.

—Me retiraré a mi habitación a estudiar, *mein* Führer —contestó, hirviendo de indignación por la forma en que Hitler se había dirigido a él.

En un momento dado, era un confidente leal que podía ocupar el asiento más importante de la nación y tomar notas sobre aquel proyecto especial del Führer, y al instante siguiente lo trataban como a un crío. Bueno, pues tal vez era muy joven, se dijo, pero al menos sabía que no tenía sentido construir unas duchas sin agua.

204

12

La fiesta de Eva

Katarina había empezado a trabajar en la papelería de su padre en Berchtesgaden en 1944, en cuanto había cumplido trece años. Pieter bajó de la montaña para ir a verla, tras haber decidido no ponerse el uniforme de las Juventudes Hitlerianas del que estaba tan orgulloso, sino unos *Lederhosen* hasta la rodilla, zapatos marrones, camisa blanca y corbata oscura. Sabía que a Katarina, por alguna razón inexplicable, no le gustaban los uniformes, y no quería provocar su desaprobación.

Vagó por el exterior de la tienda durante casi una hora, tratando de hacer acopio de valor para entrar. La veía todos los días en la escuela, por supuesto, pero lo de ahora era distinto: tenía una pregunta específica que hacerle, aunque la idea de plantearla lo llenaba de inquietud. Había considerado hacerlo en el pasillo, entre clase y clase, pero cabía la posibilidad de que algún compañero los interrumpiera, así que había decidido que ésa sería la mejor forma de abordar la cuestión.

Cuando entró en la tienda, la vio llenando un estante de libretas encuadernadas en piel. Al oír la campanilla, Katarina se volvió y él experimentó la familiar mezcla de deseo y angustia que le producía náuseas. Estaba desesperado por gustarle, pero temía no conseguirlo nunca, pues en el instante en que la chica vio quién había entrado, su sonrisa se desvaneció y volvió en silencio a su trabajo.

—Buenas tardes, Katarina.

—Hola, Pieter —contestó ella sin darse la vuelta.

—Qué día tan bonito hace. ¿No te parece precioso Berchtesgaden en esta época del año? Claro que tú eres preciosa todo el año. —Pieter se quedó helado y negó con la cabeza, notando el rubor que le subía del cuello a las mejillas—. Quiero decir que... el pueblo está precioso todo el año. Siempre que vengo aquí, a Berchtesgaden, me impresiona su... su...

—¿Su belleza? —sugirió Katarina, poniendo la última libreta en el estante para volverse hacia él con actitud algo distante.

—Sí —contestó él con abatimiento.

Se había preparado mucho para aquella conversación, y le estaba yendo terriblemente mal.

—¿Querías algo, Pieter?

—Sí, necesito tinta y unos plumines para estilográfica, por favor.

—¿De qué clase? —quiso saber Katarina, que fue detrás del mostrador y abrió una vitrina.

—Los mejores que tengas. ¡Son para el Führer en persona, Adolf Hitler!

—Claro —respondió ella sin el menor entusiasmo—. Vives con el Führer en el Berghof. Deberías mencionarlo más a menudo, para que a la gente no se le olvide.

Pieter frunció el ceño. Le sorprendía oírla decir aquello, pues lo cierto era que él lo mencionaba con bastante frecuencia. De hecho, a veces pensaba que no debería hablar tanto del tema.

—Pero la cuestión no es la calidad —continuó ella—, sino el tipo de plumín. Fino, medio o grueso. O si uno es de gustos un poco más refinados, podría probar uno fino y blando. O un Falcon. O un Suitab. O un Cors. O...

—Medio —concluyó Pieter.

No le gustaba que lo hicieran sentir estúpido, pero suponía que ésa era la opción menos arriesgada.

Katarina abrió una caja de madera y alzó la vista hacia él.

—¿Cuántos?

—Media docena.

La chica asintió y los fue sacando uno por uno mientras Pieter se apoyaba en el mostrador y fingía naturalidad.

—¿Te importaría no poner las manos en el cristal? Lo he limpiado hace sólo unos minutos.

—Claro, perdona —respondió él, enderezándose—. Aunque siempre tengo las manos limpias. Al fin y al cabo, soy un destacado miembro de las Juventudes Hitlerianas, y nos enorgullecemos de nuestra buena higiene.

—Espera un momento —dijo Katarina, dejando lo que tenía entre manos para mirarlo como si acabara de hacer una gran revelación—. ¿Eres miembro de las Juventudes Hitlerianas? ¿No me digas?

—Bueno, pues sí —respondió Pieter, perplejo—. Llevo el uniforme a la escuela todos los días.

—Ay, Pieter —dijo ella, soltando un suspiro y moviendo la cabeza.

—Pero ¡tú ya sabías que soy miembro de las Juventudes Hitlerianas! —exclamó él, frustrado.

—Pieter —zanjó Katarina, abriendo los brazos ante el despliegue de plumas y frascos de tinta de la vitrina que tenía ante sí—, ¿no querías tinta?

—¿Tinta?

—Sí, has dicho antes que querías.

—Ah, sí, claro. Seis frascos, por favor.

—¿De qué color?

—Cuatro de negra y dos de roja.

Pieter se volvió cuando sonó la campanilla de la puerta. Entró un hombre con tres cajas grandes de material, y Katarina firmó un recibo mientras hablaba con él con un tono mucho más simpático del que había utilizado con su compañero de clase.

—¿Qué son, más plumas? —preguntó Pieter cuando volvieron a estar solos, en un intento de encontrar un tema de conversación. Lo de hablar con chicas era mucho más complicado de lo que había previsto.

—Y papel. Y otras cosas.

—¿No hay nadie que te ayude? —preguntó él cuando Katarina llevaba las cajas a un rincón para amontonarlas con pulcritud.

—Lo había —contestó ella con serenidad y mirándolo a los ojos—. Antes trabajaba aquí una señora muy agradable que se llamaba Ruth. Estuvo casi veinte años, de hecho. Era como una segunda madre para mí. Pero ya no está.

—¿Ah, no? —dijo Pieter, sintiendo que le tendían una trampa—. ¿Por qué? ¿Qué le pasó?

—Quién sabe. Se la llevaron. Y a su marido. Y a sus tres hijos. Y a la mujer de uno de sus hijos con sus dos niños. Jamás hemos vuelto a saber de ellos. Ella prefería una estilográfica con plumín fino y blando. Claro que era una persona sofisticada y con gusto. No como otros.

Pieter miró a través del escaparate, irritado porque la falta de respeto que ella le mostraba iba mezclándose con el doloroso deseo que le despertaba Katarina. En la escuela, el chico que se sentaba delante de él, Franz, había trabado amistad recientemente con Gretchen Baffril; el colegio entero bullía de excitación con el cotilleo de que se habían dado un beso la semana anterior, durante el recreo. Y Martin Rensing había invitado a Lenya Halle a la boda de su hermana mayor hacía unas semanas, y había circulado una fotografía en la que ambos bailaban cogidos de la mano durante la velada. ¿Cómo se las habían apañado ellos, cuando Katarina le ponía las cosas tan difíciles a él? Incluso mientras miraba hacia la calle, Pieter vio a un chico y una chica, a quienes no reconoció a pesar de que tendrían la misma edad que Katarina y él, paseando juntos y riéndose. El chico se agachó y fingió ser un mono para divertirla, y ella soltó una carcajada. Parecían muy cómodos el uno con el otro. No lograba imaginar qué sentiría uno compartiendo algo así.

—Judíos, supongo —dijo volviéndose de nuevo hacia Katarina, y la frustración lo hizo escupir la palabra—. Esa tal Ruth y su familia. Serían judíos.

—Sí —contestó ella.

Cuando se inclinó, Pieter advirtió que el botón superior de su blusa estaba a punto de desabrocharse;

imaginó que podía observarlo eternamente, con el mundo en silencio e inmóvil en torno a él, a la espera de una brisa amable que separara aún más la tela. Al cabo de un momento, volvió a alzar la vista y, tratando de ignorar la actitud grosera de Katarina, preguntó:

—¿Nunca has deseado ver el Berghof?

Ella lo miró con cara de sorpresa.

—¿Qué?

—Sólo te lo pregunto porque este fin de semana van a celebrar una fiesta. El cumpleaños de Fräulein Braun, la amiga íntima del Führer. Habrá mucha gente importante. Quizá te apetecería tomarte un descanso de tu aburrida vida aquí y experimentar la emoción de una ocasión tan importante, ¿no?

Katarina arqueó una ceja y soltó una risita.

—No lo creo.

—Por supuesto, tu padre puede venir también, si es ése el problema —añadió Pieter—. Por el bien del decoro.

—No —dijo ella, negando con la cabeza—. Sencillamente, no me apetece. Pero gracias por la invitación.

—¿Adónde puede ir su padre? —quiso saber Herr Holzmann, que salió de la trastienda secándose las manos en una toalla y dejando en ella un manchón de tinta negra con la forma de Italia.

Se detuvo cuando reconoció a Pieter; había poca gente en Berchtesgaden que no supiera quién era.

—Buenas tardes —añadió entonces el padre de Katarina irguiéndose y sacando pecho.

—*Heil, Hitler!* —bramó Pieter, entrechocando los talones y llevando a cabo el saludo habitual.

Katarina dio un respingo de sorpresa y se llevó una mano al corazón. Herr Holzmann trató de hacer el saludo a su vez, pero le quedó mucho menos profesional que al chico.

—Aquí tienes tus plumines y tu tinta —intervino Katarina, tendiéndole el paquete mientras Pieter contaba el dinero—. Adiós.

—¿Adónde puede ir tu padre? —insistió Herr Holzmann, que se había plantado junto a su hija.

—El *Oberscharführer* Fischer —explicó Katarina con un suspiro— me ha invitado... nos ha invitado a ambos a una fiesta en el Berghof, el sábado. Una fiesta de cumpleaños.

—¿La fiesta de cumpleaños del Führer? —preguntó el padre con los ojos muy abiertos de sorpresa.

—No —contestó Pieter—. La de su amiga, Fräulein Braun.

—¡Será un honor para nosotros! —exclamó Herr Holzmann.

—Sí, claro, para ti lo sería —espetó Katarina—. Porque ya no sabes pensar por ti mismo, ¿verdad?

—¡Katarina! —soltó él, mirándola ceñudo antes de volverse de nuevo hacia Pieter—. Tendrás que perdonar a mi hija, *Oberscharführer*. Primero habla y luego piensa.

—Al menos pienso, y no como tú. ¿Cuándo fue la última vez que tuviste una opinión propia que no te hubiesen impuesto los...?

—¡¡¡Katarina!!! —bramó entonces su padre, enrojeciendo—. Habla con respeto o te vas a tu habitación. Lo siento, *Oberscharführer*, mi hija está en una edad complicada.

—Él tiene la misma edad que yo —musitó ella, y a Pieter lo sorprendió advertir que le temblaba la voz.

—Estaremos encantados de asistir —declaró Herr Holzmann, inclinando la cabeza con gratitud.

—Padre, no podemos ir. Tenemos que pensar en la tienda, en nuestros clientes. Y ya sabes lo que siento por...

—No te preocupes por la tienda —interrumpió su padre, alzando la voz—. Ni por los clientes. Katarina, el *Oberscharführer* acaba de concedernos un gran honor. —Miró de nuevo a Pieter—. ¿A qué hora deberíamos presentarnos?

—A partir de las cuatro, cuando quieran —contestó Pieter, un poco decepcionado ante la asistencia del padre; habría preferido que Katarina acudiera sola.

—Pues allí estaremos. Y toma, por favor... guárdate el dinero. Puedes ofrecerle tu compra al Führer como un regalo de mi parte.

—Gracias —respondió Pieter con una sonrisa—. Los veré a los dos allí, entonces; lo estoy deseando. Adiós, Katarina.

Cuando salió a la calle, suspiró aliviado ante el fin del encuentro y se guardó el dinero que le había devuelto Herr Holzmann. No hacía falta que nadie se enterara nunca de que la compra en la papelería le había salido gratis.

El día de la fiesta habían acudido al Berghof algunos de los miembros más importantes del Reich, la mayoría de los cuales parecían concentrarse más en evitar al Führer que en celebrar el aniversario de Eva.

Hitler se había pasado gran parte de la mañana encerrado en su estudio con el *Reichsführer* Himmler y el ministro de Propaganda, Joseph Goebbels, y por los gritos que se oían a través de la puerta, Pieter sabía que no estaba nada contento. Se había enterado por los periódicos de que la guerra no marchaba bien. Italia había cambiado de bando, habían hundido el *Scharnhorst*, uno de los barcos más importantes de la Kriegsmarine, en el Cabo Norte, y durante aquellas últimas semanas los británicos habían bombardeado repetidamente Berlín. Cuando la fiesta dio comienzo, los oficiales parecieron aliviados de encontrarse fuera haciendo vida social y no teniendo que defenderse de un Führer indignado.

Himmler observaba a los demás invitados a través de sus gafitas redondas mientras daba pequeños mordiscos a la comida como una rata. Se fijaba sobre todo en quienes hablaban con el Führer, como si estuviera convencido de que todas las conversaciones giraban en torno a él. Goebbels, con gafas oscuras, se había sentado en una silla de jardín en el porche, de cara al sol. A Pieter le parecía un esqueleto forrado de piel. Herr Speer, que ya había acudido al Berghof en varias ocasiones con proyectos para un Berlín de posguerra remodelado, tenía pinta de desear encontrarse en cualquier lugar del mundo que no fuera aquél. La atmósfera era tensa, y cada vez que Pieter miraba a Hitler, veía a un hombre tembloroso a punto de perder los estribos.

El chico no dejaba de lanzar miradas hacia la carretera que serpenteaba montaña abajo, confiando en que Katarina apareciera, según lo prometido, pero ya eran más de las cuatro de la tarde y aún no había rastro de ella. Se había puesto un uniforme limpio y una loción para después del afeitado que había birlado de la habitación de Kempka, esperando que aquello bastara para impresionarla.

Eva iba de un grupo a otro con mucho afán, aceptando felicitaciones y regalos y, como de costumbre, básicamente ignoraba a Pieter, que la había obsequiado con un ejemplar de *La montaña mágica* comprado con sus escasos ahorros.

—Qué detalle —había comentado ella, para luego dejarlo sobre una mesita y seguir con lo suyo.

Pieter imaginó que Herta lo recogería en algún momento más adelante y lo dejaría en un estante de la biblioteca sin que nadie lo hubiese leído.

Entre mirar montaña abajo y observar el desarrollo de la fiesta, lo que más interés despertaba en Pieter era una mujer que andaba de aquí para allá con una cámara de cine en las manos, enfocando con ella a los invitados y pidiéndoles que dijeran unas palabras. Sin embargo, por habladores que se hubieran mostrado hacía un instante, cuando ella se acercaba todos parecían tímidos y reacios a que los filmara, y volvían la cabeza o se tapaban la cara con las manos. De vez en cuando tomaba planos de la casa o la montaña, y Pieter descubrió que también le intrigaba su presencia. En un momento dado, la mujer se puso a filmar una conversación entre Goebbels y Himmler, y ambos dejaron de hablar de inmediato para mirarla sin pronunciar palabra; ella se alejó en la dirección opuesta. Vio entonces al muchacho, allí solo, mirando ladera abajo, y se le acercó.

—No estarás pensando en saltar, ¿verdad?

—No, claro que no —contestó Pieter—. ¿Por qué se me iba a pasar algo así por la cabeza?

—Era broma —dijo ella—. Estás muy elegante con ese disfraz.

—No es un disfraz —contestó él con irritación—, es un uniforme.

—Sólo te estoy tomando el pelo. Bueno, y ¿cómo te llamas?

—Pieter. ¿Y tú?

—Leni.

—¿Qué estás haciendo con eso? —quiso saber él, señalando la cámara.

—Filmo una película.

—¿Para quién?

—Para quien quiera verla.

—Supongo que estarás casada con uno de ellos, ¿no? —dijo Pieter, indicando con la cabeza hacia los oficiales.

—No, qué va. No les interesa nadie que no sean ellos mismos.

Pieter frunció el ceño.

—¿Y dónde está tu marido? —quiso saber.

—No tengo. ¿Por qué? ¿Me estás haciendo una proposición?

—Por supuesto que no.

—Eres un poco joven para mí, en cualquier caso... ¿Qué edad tienes, catorce?

—Quince —contestó él con indignación—. Y no te hacía proposiciones, era una simple pregunta.

—Pues resulta que voy a casarme este mismo mes.

Pieter no dijo nada y se volvió para mirar de nuevo hacia el valle.

—¿Qué hay tan interesante ahí abajo? —quiso saber Leni, que se asomó también—. ¿Esperas a alguien?

—No, ¿a quién voy a esperar? La gente importante ya está aquí.

—Oye, ¿dejarás que te filme?

Él negó con la cabeza.

—Soy un soldado, no un actor.

—Bueno, en este momento no eres ninguna de las dos cosas. Sólo un niño con uniforme. Pero eres guapo, eso sí. Quedarás muy bien ante la cámara.

Pieter la miró fijamente. No estaba acostumbrado a que le hablaran de ese modo, y no le gustaba. ¿No entendía que él era alguien importante? Abrió la boca para hablar, pero justo entonces advirtió un coche que asomaba en la curva en lo alto de la carretera y se dirigía hacia él. Lo observó y empezó a sonreír al comprobar quién iba dentro, pero recompuso sus facciones.

—Ya veo qué estabas esperando —dijo Leni, y levantó la cámara para filmar el coche cuando pasaba—. O más bien, a quién estabas esperando.

A Pieter le entraron unas ganas tremendas de arrancarle la máquina de las manos y arrojarla Obersalzberg abajo, pero se limitó a alisarse la guerrera para asegurarse de estar impecable, y se acercó a saludar a sus invitados.

—Herr Holzmann —dijo, inclinándose con educación mientras los dos lugareños se apeaban—. Katarina. Cómo me alegra que hayan podido venir. Bienvenidos al Berghof.

. . .

Más tarde, cuando cayó en la cuenta de que llevaba un buen rato sin ver a Katarina, Pieter entró en la casa, donde la encontró contemplando unos cuadros que colgaban en las paredes. La tarde no marchaba especialmente bien de momento. Herr Holzmann había hecho lo posible por conversar con los oficiales nazis, pero era un hombre poco refinado, y Pieter sabía que se burlaban de sus intentos de confraternizar con ellos. Sin embargo, la presencia del Führer parecía atemorizarlo y permanecía tan lejos de él como podía. A Pieter aquella actitud sólo le hacía sentir desprecio; se preguntaba cómo era posible que un adulto como él pudiera acudir a una fiesta y comportarse como un niño.

A él, Katarina tampoco se lo había puesto fácil. Ella ni siquiera era capaz de fingir que le alegraba estar allí, y era obvio que quería marcharse en cuanto tuviera oportunidad. Había actuado de manera respetuosa cuando Pieter le presentó al Führer, pero no se mostró tan impresionada como él había esperado.

—¿De modo que eres la novia del joven Pieter? —preguntó Hitler con una sonrisa y mirándola de arriba abajo.

—Desde luego que no —contestó ella—. Estamos en la misma clase en la escuela, nada más.

—Pero mira qué enamorado está él —intervino Eva, acercándose para tomarle también el pelo—. Ni siquiera se nos había ocurrido que Pieter pudiera tener ya interés en las chicas.

—Katarina es sólo una amiga —contestó él, poniéndose como un tomate.

—Y ni siquiera eso —terció ella, esbozando una sonrisa dulce.

—Ah, eso lo dices ahora —añadió el Führer—, pero yo veo una chispa ahí, y no tardará mucho en prender. ¿La futura Frau Fischer, quizá?

Katarina no dijo nada, pero pareció a punto de explotar de rabia. Cuando el Führer y Eva se alejaron, Pieter trató de entablar una conversación con ella sobre algunos de los jóvenes de Berchtesgaden que conocían, pero Katarina apenas soltó prenda, como si no quisiera darle demasiadas pistas sobre sus opiniones. Cuando Pieter le preguntó qué batalla de la guerra era su favorita por el momento, Katarina lo miró como si estuviera chiflado.

—La batalla en la que haya muerto menos gente —respondió.

La tarde había transcurrido así, con él esforzándose al máximo por conversar con ella y viéndose rechazado una y otra vez. Aunque quizá era porque en el jardín había demasiada gente, se dijo Pieter. Ahora que estaban solos dentro de la casa, confiaba en que ella se mostrara un poco más comunicativa.

—¿Lo has pasado bien en la fiesta?

—No estoy segura de que nadie lo esté pasando bien aquí.

Pieter alzó la vista hacia la pintura que ella había contemplado un instante antes.

—No sabía que te interesara el arte.

—Pues sí —contestó Katarina.

—Entonces debe de gustarte mucho esta pieza.

Ella negó con la cabeza.

—Es espantosa. —Fue su respuesta, y miró hacia las demás—. Todas lo son. Habría dicho que un hombre con el poder del Führer sabría escoger algo un poco mejor de los museos.

Pieter abrió mucho los ojos, horrorizado por lo que acababa de decir Katarina. Señaló con un dedo la firma del artista en la esquina inferior derecha del cuadro.

—¡Oh! —exclamó ella, que por un momento pareció escarmentada y quizá un tanto nerviosa—. Bueno, pues no importa quién los haya pintado. Siguen siendo terribles.

Él la agarró del brazo con brusquedad, la arrastró pasillo abajo hasta su habitación y cerró de un portazo detrás de sí.

—¿Qué haces? —preguntó ella, retorciéndose hasta liberarse.

—Protegerte. No puedes decir esas cosas aquí, ¿no lo entiendes? Vas a meterte en un lío.

—¡No sabía que los había pintado él! —exclamó la muchacha con un aspaviento.

—Bueno, pues ahora ya lo sabes. Así que mantén la boca cerrada en el futuro, Katarina, hasta que entiendas de qué hablas. Y deja ya de darte aires de superioridad conmigo. Yo te he invitado aquí, a un sitio que prácticamente ninguna chica tiene ocasión de visitar. Ya va siendo hora de que me muestres un poco de respeto.

Katarina le clavó la mirada, y él vio un miedo creciente en sus ojos, aunque ella hacía lo posible por controlarlo. No supo decir si aquello le gustaba o no.

—No me hables así —dijo ella en voz baja.

—Lo siento —contestó Pieter, acercándose más—. Me preocupo por ti, eso es todo. No quiero que sufras ningún daño.

—Ni siquiera me conoces.

—¡Hace años que te conozco!

—No, no me conoces en absoluto.

Él soltó un suspiro.

—Quizá no. Pero me gustaría cambiar eso, si me lo permites.

Alargó la mano y le resiguió la mejilla con un dedo. Ella retrocedió hacia la pared.

—Qué preciosa eres —susurró Pieter entonces, y se sorprendió de que esas palabras hubieran salido de sus labios.

—Basta, Pieter.

—Pero ¿por qué? —repuso él, acercándose tanto que el aroma de su perfume casi lo embriagó—. Es lo que quiero.

Con una mano, volvió su cara hacia él y se inclinó para besarla.

—Apártate de mí —soltó Katarina.

Lo empujó con ambas manos, él dio un traspié, puso cara de sorpresa, tropezó con una silla y acabó en el suelo.

—¿Cómo? —preguntó Pieter, asustado y confuso.

—No me pongas las manos encima, ¿me oyes? —Katarina abrió la puerta, pero no salió, sino que se volvió mientras él se levantaba—. No te daría un beso por nada del mundo.

Él negó con la cabeza, con incredulidad.

—Pero ¿no entiendes el honor que supondría para ti? ¿No sabes lo importante que soy?

—Claro que lo sé. Eres el crío de los *Lederhosen* que viene a comprar tinta para las plumas del Führer. ¿Cómo iba a subestimar tu valía?

—Soy bastante más que eso —espetó Pieter, y se le acercó—. Sólo tienes que dejar que pueda mostrarme generoso contigo.

Volvió a tender las manos hacia ella, pero Katarina le dio un bofetón, y uno de sus anillos le desgarró la piel y Pieter empezó a sangrar. Soltó un grito y se llevó una mano a la mejilla. La miró con furia en los ojos y volvió a acercarse a ella para empujarla ahora contra la pared e inmovilizarla.

—¿Quién te has creído que eres? —preguntó con la cara casi tocando la de Katarina—. ¿Crees que puedes rechazarme? La mayoría de las chicas de Alemania matarían por estar en tu lugar ahora.

Trató de besarla de nuevo, y esta vez, con el cuerpo de Pieter contra el suyo, no pudo escabullirse. Se retorció y trató de empujarlo, pero era demasiado fuerte para ella. Pieter le recorrió el cuerpo con la mano izquierda, toqueteándola a través del vestido, y ella trató de pedir ayuda, pero él le tapaba la boca con la otra mano, silenciándola. Pieter sintió que, poco a poco, ella cedía bajo la presión, y supo que no podría resistirse mucho más; podría hacerle lo que quisiera. Una vocecita en su cabeza le decía que parara. Otra, más fuerte, lo instaba a tomar lo que deseaba.

De pronto, una fuerza salida de la nada lo hizo caer al suelo y, sin darse ni cuenta, se encontró tendido y con alguien encima que le oprimía el cuello con el filo de un cuchillo de trinchar. Intentó tragar saliva, pero notaba la afilada hoja contra la piel y no quiso arriesgarse a que le hicieran un tajo.

—Si vuelves a ponerle un solo dedo encima a esta pobre chica —susurró Emma—, te cortaré el cuello de oreja a oreja. ¿Me has entendido, Pieter?

Él no dijo nada, se limitó a dejar que sus ojos fueran varias veces de la una a la otra.

—Dime que lo has entendido, Pieter... Dilo ahora, o no respondo...

—Sí, te he entendido —siseó él.

Emma se incorporó, dejándolo ahí tendido y frotándose el cuello. Luego se inspeccionó los dedos para comprobar si tenían sangre. Alzó la vista hacia ellas, humillado y con los ojos llenos de odio.

—Has cometido un gran error, Emma —dijo en voz baja.

—No lo dudo. Pero no es nada comparado con el que cometió tu pobre tía el día que decidió acogerte. —Su expresión se suavizó durante unos instantes—. ¿Qué te ha pasado, Pierrot? Eras un niño muy dulce cuando llegaste aquí. ¿De verdad es tan fácil que los inocentes se corrompan?

Pieter no dijo nada. Tenía ganas de insultarla, de permitir que su ira se abatiera sobre ella, sobre las dos, pero algo en el modo en que Emma lo miraba, en la mezcla de lástima y desprecio que veía en su rostro, despertaba en él el recuerdo del niño que había sido. Katarina lloraba, y él apartó la vista, deseando que las dos lo dejaran solo. No quería que continuaran mirándolo.

Sólo cuando oyó sus pisadas alejándose pasillo abajo y a Katarina decirle a su padre que era hora de marcharse, hizo el esfuerzo de ponerse en pie otra vez. Pero en lugar de volver a la fiesta, cerró la puerta y se tendió en la cama, temblando ligeramente. Y entonces, sin saber muy bien por qué, Pieter se echó a llorar.

13

Las tinieblas y la luz

La casa estaba desierta y a oscuras.

En el exterior, la vida brotaba una vez más en los árboles que poblaban las montañas del Obersalzberg, y a Pieter, que recorría aquellos parajes pasándose descuidadamente de una mano a otra la pelota que había pertenecido a *Blondi*, le costaba creer que ahí arriba reinase tanta serenidad mientras el mundo de allá abajo —que llevaba casi seis años sometido a las barbaridades más atroces y haciéndose pedazos— se encontraba en la agonía final de otra guerra devastadora.

Había cumplido dieciséis años un par de meses atrás y había conseguido que le permitieran cambiar el uniforme de las Juventudes Hitlerianas por el de faena gris piedra de un soldado raso. Aun así, siempre que le había pedido al Führer que lo destinara a un batallón, éste no le había hecho caso y le había contestado que estaba demasiado ocupado para cuestiones tan intrascendentes. Había pasado más de la mitad de su vida en el Berghof, y cuando intentaba pensar en todos aquellos con los que había compartido su infancia en París, le suponía un gran esfuerzo recordar incluso sus nombres o sus caras.

Había oído rumores sobre lo que estaban viviendo los judíos en Europa y por fin había comprendido por qué su tía Beatrix insistía tanto en que no hablara de su amigo a su llegada al Berghof. Se preguntaba si Anshel estaría vivo o muerto, si su madre habría conseguido huir con su hijo a un lugar seguro, si *D'Artagnan* habría ido con ellos.

Pensar en su perro lo hizo lanzar la pelota ladera abajo. La observó surcar el aire antes de que desapareciera en un grupo de árboles que había más allá.

Cuando miró hacia la carretera, se acordó de la noche en que había llegado, solo y asustado, mientras Beatrix y Ernst lo conducían a su nuevo hogar tratando de convencerlo de que allí se sentiría feliz y a salvo. Cerró los ojos ante aquel recuerdo y negó con la cabeza, como si de ese modo pudiera olvidar lo que les había ocurrido a ambos y la forma en que él los había traicionado. Pero empezaba a comprender que no era tan sencillo.

Había más. Emma, la cocinera que sólo le había dado muestras de cariño en sus primeros años en el Berghof, pero cuya ofensa en la fiesta de Eva Braun él no había podido dejar impune. Le había contado al Führer lo que Emma había hecho, quitándole gravedad a su propio papel en los sucesos de aquella tarde y exagerando lo que ella había dicho para que pareciera una traidora. Un día después, los soldados se la llevaron sin darle tiempo siquiera a hacer la maleta. No sabía adónde. La cocinera lloró cuando la arrastraron hacia el coche. La última vez que la vio estaba sentada en el asiento trasero, con la cara hundida entre las manos mientras se alejaba. Ange se había ido poco después, por voluntad propia. Ya sólo quedaba Herta.

Los Holzmann también se vieron obligados a marcharse de Berchtesgaden. Tuvieron que cerrar y vender la papelería que había pertenecido a la familia durante tantos años. Pieter no supo nada de aquello hasta que, en una visita al pueblo, pasó por la tienda y la encontró con las ventanas cegadas con tablones y un letrero en la puerta que anunciaba que se convertiría pronto en un establecimiento de comestibles. Cuando le preguntó a la propietaria del negocio vecino qué había sido de ellos, ella lo miró sin miedo y negó con la cabeza.

—Tú eres el chico que vive allí arriba, ¿no? —preguntó, señalando con un gesto la montaña.

—Sí, así es.

—Pues lo que les pasó fuiste tú —lo acusó la mujer.

Se sintió demasiado avergonzado para decir nada, así que se fue sin pronunciar una palabra más. Los remordimientos lo acosaban, pero no tenía a quien confiárselos. Pese al daño que le había hecho, había esperado que Katarina lo escuchara y aceptara sus disculpas; y, si era capaz, que le permitiera contarle todo cuanto había vivido hasta el momento, todo lo que había visto y hecho. Quizá entonces ella habría podido perdonarlo de algún modo.

Pero aquella posibilidad ya no existía.

Dos meses antes, cuando el Führer se había alojado en el Berghof por última vez, parecía una mera sombra del hombre que había sido. No quedaba ni rastro de su férrea confianza en sí mismo, de su capacidad de mando ni de la fe absoluta que había mostrado en el destino de su país y en el suyo propio. Se había convertido en un hombre paranoico y airado, que temblaba y musitaba para sí por los pasillos. El menor ruido bastaba para desencadenar su ira. En una ocasión destrozó prácticamente todo cuanto había en su despacho; en otra, le dio una bofetada a Pieter cuando el muchacho acudió a preguntar si había algo que pudiera llevarle. Se quedaba despierto hasta bien entrada la noche, murmurando por lo bajo, maldiciendo a sus generales, a los británicos y a los americanos, a todos aquellos a quienes hacía responsables de su perdición. A todos, claro está, excepto a sí mismo.

No se habían despedido. Un grupo de oficiales de las SS habían llegado simplemente una mañana para encerrarse en el estudio, donde hablaron largo y tendido con el Führer, y luego él salió a grandes zancadas, furibundo y echando pestes, derecho al asiento trasero de su coche, y le gritó a Kempka que se pusiera en marcha, que lo llevara a cualquier parte, que lo sacara de aquella montaña de una vez por todas. Eva tuvo que salir corriendo tras él cuando el coche ya se alejaba por la carretera. Pieter la había visto por última vez así, persiguiéndolo montaña abajo mientras agitaba los brazos y gritaba, con su vestido azul ondeando al viento, hasta que desapareció al doblar la curva.

Los soldados se marcharon poco después, de modo que en la casa sólo quedaron Herta y él. Una mañana, Pieter la encontró haciendo las maletas.

—¿Adónde irás? —preguntó desde el umbral de la habitación de la criada.

Ella se encogió de hombros.

—Volveré a Viena, supongo. Mi madre sigue allí. Eso creo, al menos. No sé si los trenes aún funcionan, pero me las apañaré para llegar.

—¿Qué vas a contarle?

—Nada. Jamás volveré a hablar de este lugar, Pieter. Y sería muy sensato por tu parte que hicieras lo mismo. Vete ahora, antes de que lleguen los ejércitos aliados. Aún eres joven. No hace falta que nadie sepa las cosas terribles que has hecho. Que hemos hecho todos.

Para Pieter, aquellas palabras fueron como un disparo en el corazón. Casi no pudo creer que el rostro de Herta expresara aquella convicción absoluta al condenarlos a ambos. Cuando pasó junto a él, la cogió del brazo y, acordándose de la noche en que la había conocido, nueve años atrás, cuando lo había mortificado tanto que lo viera desnudo en la bañera, le preguntó en un susurro:

—¿No habrá perdón para nosotros, Herta? Los periódicos... Las cosas que están diciendo... ¿No habrá perdón para mí?

Ella se apartó con cautela la mano de Pieter del codo.

—¿Crees que yo no conocía los planes que se estaban trazando aquí, en la cima de la montaña? ¿Las cosas que se hablaban en el estudio del Führer? No habrá perdón para ninguno de nosotros.

—Pero yo no era más que un niño —dijo él con tono suplicante—. Yo no sabía nada. No comprendía nada.

Ella negó con la cabeza y cogió la mano del chico entre las suyas.

—Pieter. Mírame.

Él alzó la vista, con lágrimas en los ojos.

—Nunca finjas que no sabías lo que estaba pasando aquí. Tienes ojos y oídos. Y estuviste en esa habitación muchas veces, tomando notas. Lo oíste todo. Lo viste todo. Lo sabías todo. Y sabes también de qué cosas eres responsable. —Titubeó, pero era necesario decirlo—. Las muertes que cargas en tu conciencia. Aún eres joven, sólo tienes dieciséis años, te queda mucha vida por delante para llegar a aceptar tu complicidad en estas cuestiones. Pero nunca te convenzas de que no lo sabías. —Le soltó la mano—. Ése sería el peor crimen de todos.

Herta cogió la maleta y se dirigió hacia la puerta. Pieter la observó, enmarcada por la luz que se colaba entre los árboles.

—¿Cómo vas a bajar? —exclamó él, con la esperanza de que no lo dejara allí solo—. No queda nadie. No hay ningún coche que pueda llevarte.

—Iré andando —contestó ella antes de desaparecer de su vista.

Los periódicos seguían llegando, pues los proveedores de la zona temían dejar de entregarlos por si el Führer volvía y descargaba su descontento sobre ellos. Había quienes creían que aún podía ganarse la guerra. Y otros que estaban dispuestos a enfrentarse a la realidad. En el pueblo, Pieter oyó rumores de que el Führer y Eva se habían trasladado a un búnker secreto en Berlín, junto con los miembros más importantes del Partido Nacionalsocialista. Allí conspiraban para volver, trazando planes para surgir con más fuerza que nunca, con un plan infalible para la victoria. Y de nuevo había quienes lo creían y quienes no. Pero los periódicos seguían llegando.

Cuando vio que los últimos soldados se disponían a abandonar Berchtesgaden, Pieter se acercó a ellos para preguntarles qué debía hacer y adónde debía ir.

—Llevas uniforme, ¿no? —dijo uno, mirándolo de arriba abajo—. ¿Por qué no lo utilizas por una vez?

—Pieter no combate —explicó su compañero—. Sólo le gusta disfrazarse.

Y tras soltar aquellas palabras, empezaron a reírse de él. Mientras veía cómo se alejaba el coche, Pieter sintió que su humillación era ahora absoluta.

Y entonces, el niño al que habían llevado a la montaña cuando aún vestía pantalones cortos empezó a ascender por ella por última vez. Permaneció allí arriba, pues no sabía muy bien qué hacer. Por los periódicos, iba siguiendo el avance de los aliados hacia el centro de Alemania, y se preguntó cuánto tardaría el enemigo en ir a por él. Unos días después de que acabara el mes, un avión sobrevoló la zona. Era un bombardero Lancaster británico, y dejó caer dos bombas sobre una ladera del Obersalzberg. No alcanzaron el Berghof por muy poco, pero despidieron suficientes escombros para romper la mayoría de las ventanas. Pieter se había refugiado en la casa, en el estudio del propio Führer, cuando los vidrios estallaron en torno a él y cientos de diminutos fragmentos volaron hacia su rostro y lo hicieron arrojarse al suelo, gritando de miedo. Sólo cuando el ruido del avión se hubo extinguido, se sintió lo bastante seguro para levantarse e ir hasta el cuarto de baño, donde lo recibió en el espejo su sangriento semblante. Pasó el resto de la tarde tratando de quitarse todos los cristales que pudo, temiendo que las cicatrices nunca desaparecieran.

El último periódico llegó el 2 de mayo y el titular de primera plana le reveló cuanto necesitaba saber. El Führer había fallecido. Goebbels, aquel hombre horrible y esquelético, también había muerto, junto con su mujer y sus hijos. Eva había ingerido una cápsula de cianuro; Hitler se había pegado un tiro en la cabeza. Lo peor fue que el Führer decidió probar el cianuro antes de su consumo, para asegurarse de que funcionara. Lo último que deseaba era que Eva quedara agonizante y la capturara el enemigo. Quería que tuviera una muerte rápida.

Así que probó a darle una cápsula a *Blondi*.

Y funcionó, de manera fulminante y eficaz.

Pieter casi no sintió nada cuando leyó el periódico. Salió del Berghof y contempló el paisaje que lo rodeaba. Miró hacia Berchtesgaden y luego hacia Múnich, acordándose del viaje en tren en el que había coincidido por primera vez con miembros de las Juventudes Hitlerianas. Y finalmente sus ojos se volvieron hacia donde se hallaba París, la ciudad en la que había nacido, un lugar del que prácticamente había renegado en su deseo de ser importante. Se dio cuenta entonces de que ya no era francés. Ni alemán. No era nada. No tenía hogar, ni familia, ni merecía tenerlos.

Se preguntó si podría vivir allí para siempre, si podría ocultarse en las montañas como un ermitaño y sobrevivir con lo que encontrara en los bosques. A lo mejor así no tenía que volver a ver a nadie nunca más.

Que siguieran todos con sus vidas allá abajo, se dijo. Que continuaran con sus luchas, sus guerras, sus tiros y carnicerías; a lo mejor lo dejaban a él fuera de todo eso. Nunca tendría que volver a hablar. Nunca tendría que dar explicaciones. Nadie lo miraría nunca a los ojos y vería las cosas que había hecho, ni reconocería a la persona en la que se había convertido.

Durante aquella tarde, le pareció una buena idea.

Y entonces llegaron los soldados.

Fue a última hora de la tarde del 4 de mayo, y Pieter recogía piedras de la gravilla del sendero de entrada para tratar de derribar una lata que había colocado en alto. Un sonido grave que surgía de la base de la montaña empezó a penetrar en el silencio del Obersalzberg. Cuando aumentó de intensidad, miró ladera abajo y vio un pelotón de soldados ascendiendo por ella. No llevaban uniformes alemanes, sino americanos. Venían a por él.

Consideró echar a correr hacia el bosque, pero no tenía sentido escapar ni lugar alguno al que ir. No tenía elección. Los esperaría.

Entró de nuevo en la casa y se sentó en la sala de estar, pero cuando ya estaban cerca, empezó a tener miedo y salió al pasillo en busca de un sitio donde esconderse. En el rincón había un armario apenas lo bastante grande para él; se metió dentro y cerró la puerta. Encima de su cabeza pendía una cuerda, y cuando tiró de ella se encendió una luz. Allí sólo había bayetas y recogedores viejos, pero algo se le clavaba en la espalda y se llevó una mano atrás para ver qué era. Le sorprendió comprobar que se trataba de un libro, tirado allí, sin cuidado. Le dio la vuelta para ver el título. *Emil y los detectives*. Volvió a tirar de la cuerda, condenándose a la oscuridad.

La casa se llenó de voces, y oyó el ruido de las botas de los soldados en el pasillo. Hablaban en una lengua que no entendía, y reían y armaban jolgorio mientras registraban las habitaciones: la suya, la del Führer, la de las criadas. Y la que antaño había sido de su tía.

Empezaron a descorchar botellas, y entonces oyó que dos pares de botas recorrían el pasillo hacia él.

—¿Qué habrá aquí dentro? —preguntó un soldado con fuerte acento americano.

Y, antes de que Pieter pudiera alargar la mano para mantenerla cerrada, la puerta del armario se abrió, dejando entrar un haz de luz que lo obligó a cerrar los ojos al instante.

Los soldados empezaron a gritar, y Pieter oyó que levantaban las armas para apuntarlo. Él gritó a su vez, y al cabo de unos instantes había cuatro, seis, diez, una docena, una compañía entera de hombres apuntando con sus armas al chico oculto en la oscuridad.

—No me hagáis daño —lloriqueó Pieter, y se hizo un ovillo, se cubrió la cabeza con las manos y deseó más que nada en el mundo poder volverse pequeño para desvanecerse en la nada—. Por favor, no me hagáis daño.

Antes de que pudiera decir más, una cantidad indefinida de manos penetró en las tinieblas y lo sacó de nuevo a la luz.

EPÍLOGO

14

Un chico sin hogar

Tras haber pasado tantos años prácticamente aislado en el Obersalzberg, Pieter se esforzaba para adaptarse a la vida en el campo de Golden Mile, cerca de Ramagen, adonde lo habían llevado justo después de su captura. A su llegada, le dijeron que no era un prisionero de guerra, puesto que para entonces la guerra había concluido oficialmente, sino que formaba parte de un grupo conocido como «fuerzas enemigas desarmadas».

—¿Qué diferencia hay? —quiso saber un hombre que estaba de pie junto a él en la cola.

—Significa que no tenemos que seguir la Convención de Ginebra —respondió uno de los guardias americanos, antes de escupir y sacar un paquete de cigarrillos del bolsillo de la guerrera—; no esperes que el trayecto te salga gratis, «Fritz». —Así llamaban los americanos a los alemanes.

Cuando cruzó las puertas del campo, Pieter, encarcelado junto con un cuarto de millón de soldados alemanes capturados, tomó la decisión de no hablar con nadie y utilizar el lenguaje de signos que recordaba de su infancia, para que lo tomaran por sordomudo. La farsa funcionó tan bien que ahora ya ni lo miraban siquiera y, por supuesto, tampoco le hablaban. Era como si no existiera. Y exactamente así quería sentirse.

En su sección había más de un millar de hombres, que iban desde oficiales de la Wehrmacht —quienes aún ostentaban una cierta autoridad sobre sus subordinados—, hasta miembros de las Juventudes Hitlerianas, algunos más jóvenes que el propio Pieter, aunque los más pequeños fueron liberados al cabo de unos días. El barracón donde dormía albergaba a doscientos hombres apiñados en camas de campaña que alcanzaban tan sólo para una cuarta parte de esa cifra, y la mayoría de las noches Pieter se encontraba buscando un hueco vacío contra una pared donde pudiera tenderse con su guerrera enrollada bajo la cabeza para rascar unas horas de sueño.

Algunos soldados, sobre todo los de mayor rango, eran sometidos a interrogatorios para averiguar qué habían hecho durante la guerra. Como a él lo habían encontrado en el Berghof, lo interrogaron muchas veces para descubrir sus actividades. Sin embargo, él continuaba fingiendo ser sordomudo, y puso por escrito su historia: cómo había llegado a abandonar París y cómo había acabado al cuidado de su tía. Las autoridades mandaron a distintos oficiales para que lo interrogaran, pero como siempre contaba la verdad no había contradicciones en las que pudieran pillarlo.

—¿Y tu tía? —quiso saber uno de los soldados—. ¿Qué le pasó? No estaba en el Berghof cuando te encontraron.

Pieter posó la pluma sobre el bloc y trató de impedir que le temblara la mano. «Murió», escribió por fin, y fue incapaz de mirar al soldado a los ojos cuando le pasó la hoja.

De vez en cuando estallaban peleas. A algunos prisioneros la derrota les provocaba amargura; otros eran más estoicos. Una noche, un tipo del que Pieter sabía que había sido miembro de la Luftwaffe por la boina que llevaba, una *Fliegermütze*, empezó a maldecir al Partido Nacionalsocialista y a expresar su desprecio hacia el Führer sin morderse la lengua. Un oficial de la Wehrmacht se acercó a él a grandes zancadas y lo abofeteó con el guante, llamándolo traidor y acusándolo de ser el motivo por el que se había perdido la guerra. Rodaron por el suelo durante unos diez minutos, moliéndose a golpes, patadas y puñetazos, mientras los demás formaban un círculo alrededor y los aclamaban, excitados por aquella muestra de brutalidad que suponía un alivio del aburrimiento al que estaban sometidos en el campo de prisioneros. Al final, el piloto prevaleció sobre el soldado, un resultado que dividió al barracón, pero ambos habían acabado con heridas tan serias que a la mañana siguiente ya no había rastro de ellos. Pieter nunca volvió a verlos.

Una tarde en que se encontraba junto a las cocinas y no había ningún soldado montando guardia, se coló para robar una hogaza de pan, que se llevó oculta bajo la camisa de regreso al barracón. La fue mordisqueando durante el resto del día, con el estómago rugiéndole de placer ante aquella ofrenda inesperada, pero sólo se había comido la mitad cuando un *Oberleutnant* un poco mayor que él advirtió lo que hacía y decidió qui-

239

társela. Pieter trató de luchar contra él, pero como el tipo era muy corpulento, acabó por abandonar y batirse en retirada a su rincón, como un animal enjaulado que cobrara conciencia de la amenaza de un agresor más fuerte. Allí intentó quitarse de la cabeza cualquier clase de pensamiento. El vacío era el estado que anhelaba. El vacío y la amnesia.

De vez en cuando circulaban por los barracones periódicos en inglés, y quienes entendían ese idioma los traducían en voz alta para que el resto de presos supiera qué había ocurrido en su país desde la rendición. Pieter se enteró de que el arquitecto Albert Speer había sido condenado a la cárcel y de que Leni Riefenstahl, la mujer que lo había filmado en la explanada del Berghof durante la fiesta de Eva, aseguraba no saber nada de lo que andaban haciendo los nazis, y aun así había pasado por varios campos de detención franceses y americanos. El *Obersturmbannführer* que le había pisado los dedos en la estación de Mannheim, y que acudió más tarde al Berghof con el brazo en cabestrillo para asumir la dirección de uno de los campos de exterminio, había sido capturado por los ejércitos aliados y se rindió ante ellos sin rechistar. No tuvo noticias, sin embargo, de Herr Bischoff, el hombre que había proyectado el campo en cuestión, con su llamada «zona de interés», pero sí se enteró de que se habían abierto las puertas de Auschwitz, Bergen-Belsen y Dachau, de Buchenwald y Ravensbrück; del lejano Jasenovac en el este, en Croacia; de Bredtvet en el norte, en Noruega, y de Sajmište en el sur, en Serbia. Se enteró de que habían liberado a los presos para que regresaran a sus hogares en ruinas, tras haber perdido a padres, hermanos, tíos e hijos. Escuchaba con atención los detalles que se revelaban al mundo sobre lo ocurrido en aquellos lugares, y aún lo aturdían más sus intentos de comprender la crueldad de la que había formado parte. Cuando no podía dormir, algo que le ocurría a menudo, se quedaba tendido mirando al techo y pensando: «Yo soy responsable de eso.»

Y entonces, una mañana, lo dejaron en libertad. Hicieron salir al patio a unos quinientos hombres para decirles que podían volver con sus familias. Se sorprendieron, como si pensaran que podía tratarse de alguna clase de trampa, y se dirigieron hacia las puertas con nerviosismo. Sólo cuando se habían alejado tres o cuatro kilómetros del campo y tuvieron la certeza de que no los seguía nadie, empezaron a relajarse. Entonces comenzaron a mirarse unos a otros, confusos ante su liberación al cabo de tantos años de vida militar, y se preguntaron: «¿Y ahora qué hacemos?»

Pieter pasó los siguientes años yendo de un sitio a otro, viendo las huellas destructivas de la guerra en los rostros de la gente y en los monumentos históricos de las ciudades. Desde Remagen, viajó al norte hasta Colonia, donde fue testigo del terrible desmoronamiento de la ciudad bajo las bombas de la Royal Air Force. Allí donde mirara veía edificios en ruinas y calles intransitables, aunque la gran catedral, en el centro de Domkloster, seguía en pie pese a haber sido alcanzada en varias ocasiones. Desde allí, se dirigió al oeste hasta Amberes, donde trabajó durante un tiempo en el ajetreado puerto que se extendía a lo largo de su costa.

Vivía en una habitación en una buhardilla que daba al río Escalda.

Allí hizo un amigo, algo poco frecuente en él, puesto que los demás empleados lo tenían por una especie de lobo solitario. Se trataba de un joven de su misma edad, llamado Daniel, que parecía compartir su aislamiento. Incluso cuando hacía calor, Daniel llevaba siempre camisas de manga larga, y todos los demás, que trabajaban a pecho descubierto, se burlaban de él diciéndole que era tan tímido que jamás encontraría novia.

De vez en cuando cenaban juntos o salían a tomar una copa, y Daniel nunca hablaba de sus experiencias en la guerra, igual que el propio Pieter.

En cierta ocasión, durante una noche en un bar, su amigo mencionó que ese día habría sido el trigésimo aniversario de boda de sus padres.

—¿Habría sido? —preguntó Pieter.

—Ambos murieron —respondió Daniel en voz baja.

—Lo siento.

—Mis hermanas también —reveló Daniel mientras frotaba con el dedo una mancha invisible en la mesa que había entre ellos—. Y mi hermano.

Pieter no dijo nada, pero supo de inmediato por qué Daniel llevaba siempre manga larga y se negaba a quitarse la camisa. Tenía un número tatuado en la piel, un eterno recordatorio de lo que le había ocurrido a su familia, y que él evitaba mirar porque apenas era capaz de vivir con aquel recuerdo.

Al día siguiente, Pieter escribió una carta a su patrón para despedirse del astillero y siguió su camino sin siquiera decir adiós.

Cogió un tren hacia el norte, con destino a Ámsterdam, donde vivió durante los seis años siguientes y cambió por entero de vocación: se formó como maestro y consiguió un puesto en una escuela cerca de la estación de ferrocarril. Nunca hablaba de su pasado: hizo pocos amigos fuera del trabajo y pasaba la mayor parte del tiempo a solas en su habitación.

Una tarde de domingo, cuando daba un paseo por Westerpark, se detuvo a escuchar a un violinista que tocaba bajo un árbol y se sintió transportado de vuelta a su infancia en París, a aquellos tiempos sin preocupaciones en los que paseaba por el jardín de las Tullerías con su padre. Se había formado una pequeña multitud alrededor del intérprete, y cuando éste se detuvo para frotar las cerdas del arco con un taco de resina, una joven se adelantó para arrojar unas monedas en el sombrero que el músico había dejado boca arriba en el suelo. Al darse la vuelta, la joven se encontró cara a cara con Pieter, y cuando sus miradas se cruzaron, él sintió que el estómago se le retorcía de dolor. Aunque no se habían visto en muchos años, supo quién era al instante, y fue obvio que también la chica lo había reconocido. En su último encuentro, ella había salido corriendo de su habitación en el Berghof hecha un mar de lágrimas y con la blusa desgarrada allí donde él le había dado un tirón antes de que Emma lo lanzara al suelo. Ahora, la joven se acercó a él sin temor en los ojos. Estaba más guapa incluso de lo que recordaba de sus años de adolescencia. Su mirada no vaciló y se clavó en él como si no hicieran falta palabras, hasta que Pieter ya no pudo soportarlo más y bajó la vista al suelo, avergonzado. Confió en que ella se alejara, pero no lo hizo, se mantuvo firme, y cuando él reunió el valor suficiente para volver a mirarla, su expresión mostraba un desprecio tan absoluto que Pieter deseó poder evaporarse en el aire. Así que dio media vuelta sin pronunciar palabra y se marchó de allí.

A finales de aquella semana, renunció a su puesto en el colegio y comprendió que el momento que había postergado durante tanto tiempo había llegado por fin.

Ya era hora de volver a casa.

El primer lugar que Pieter visitó a su regreso en Francia fue el orfanato de Orleans, pero cuando llegó descubrió que estaba parcialmente en ruinas. Durante la ocupación, los nazis habían tomado posesión del edificio para convertirlo en un centro de operaciones, y los niños se vieron desperdigados a los cuatro vientos. Cuando fue obvio que la guerra llegaba a su fin, los nazis abandonaron el edificio e intentaron destruirlo, pero las paredes eran sólidas y no se había desmoronado del todo. Hacía falta un montón de dinero para reconstruirlo, y de momento no había aparecido nadie con la voluntad de restaurar aquel refugio que había sido antaño para los niños sin familia.

Cuando entró en el despacho en el que había conocido a las hermanas Durand, Pieter buscó con la mirada la vitrina de cristal que había albergado la medalla del hermano de Adèle y Simone, pero había desaparecido, igual que las dos mujeres.

El departamento de archivos de guerra, sin embargo, lo llevó a descubrir que Hugo, el niño que lo había sometido a su continuo acoso, había muerto como un héroe. A pesar de que apenas era un adolescente, había opuesto resistencia a las fuerzas de ocupación y emprendido varias misiones peligrosas que salvaron las vidas de muchos de sus compatriotas, antes de que fuera descubierto el día de la visita de un general alemán poniendo una bomba cerca del mismo orfanato en el que se había criado. Lo habían alineado con otros contra una pared y, según constaba, rechazó que le vendaran los ojos cuando los fusiles le apuntaron, porque quería mirar a sus verdugos cuando cayera.

De Josette no encontró ni rastro. Una niña más de los muchos inocentes que desaparecieron durante la guerra, cuyo destino nunca se sabría.

Cuando llegó por fin a París, pasó la primera noche escribiendo una carta a una dama que vivía en Leipzig. Le describía con detalle los actos que había cometido cierta Nochebuena, cuando aún era un niño, y añadía que, aunque sabía que no podía esperar su perdón, quería hacerle saber que se sentiría eternamente arrepentido.

Recibió una respuesta simple y educada de la hermana de Ernst, en la que le contaba que se había sentido tremendamente orgullosa de su hermano cuando se había convertido en chófer de un hombre tan magnífico como Adolf Hitler y había considerado su intento de asesinar al Führer una mancha en el impecable historial de su familia.

«Hizo usted lo que habría hecho cualquier patriota», le escribía. Pieter se quedó perplejo al leer aquella carta; le hizo comprender que era posible que el tiempo siguiera su curso, pero que las ideas de algunas personas se quedarían enquistadas para siempre.

Varias semanas después, una tarde mientras paseaba por el barrio de Montmartre, pasó ante una librería y se detuvo a ver el escaparate. Llevaba muchos años sin leer una novela —la última había sido *Emil y los detectives*—, pero había algo allí que atrajo su atención y lo hizo entrar y coger el libro de su soporte para darle la vuelta y observar la fotografía del autor de la contraportada.

La novela la había escrito Anshel Bronstein, el niño que había vivido debajo de su piso. Recordó que había querido ser escritor, claro. Y por lo visto, había hecho realidad su sueño.

Compró el libro y lo leyó en el transcurso de dos veladas. Luego se dirigió a las oficinas de su editorial, donde dijo ser un viejo amigo de Anshel y añadió que le gustaría retomar el contacto con él. Le dieron la dirección del autor y le dijeron que probablemente lo encontraría allí, pues monsieur Bronstein pasaba todas las tardes en casa, escribiendo.

La calle en cuestión no quedaba muy lejos, pero Pieter se dirigió hacia allí despacio, preocupado por cómo lo recibirían. No sabía si Anshel querría escuchar la historia de su vida, si podría soportarla, pero sí sabía que tenía que intentar contársela. Al fin y al cabo, había sido él quien dejó de responder a sus cartas, quien le dijo que ya no eran amigos y que debía dejar de escribirle. Llamó a la puerta sin saber si Anshel se acordaría todavía de él.

Pero lo reconocí de inmediato, por supuesto.

• • •

No me gusta que llamen a la puerta cuando estoy trabajando. Escribir una novela no es fácil. Lleva su tiempo y requiere paciencia, y una simple distracción momentánea puede hacerte perder una jornada entera de trabajo. Y aquella tarde estaba escribiendo una escena importante, de modo que me molestó mucho la interrupción. Sin embargo, sólo me llevó un instante reconocer al hombre que estaba plantado ante mi puerta, temblando ligeramente y mirándome. Habían pasado los años, y no habían sido clementes con ninguno de los dos, pero lo habría reconocido en cualquier parte.

—*Pierrot* —indiqué por señas, haciendo con mis dedos el símbolo del perro, bueno y leal, con el que lo había bautizado de niño.

—*Anshel* —contestó él, con el signo del zorro.

Nos miramos fijamente durante lo que me pareció un largo rato, y luego me hice a un lado y abrí la puerta del todo para invitarlo a pasar. Se sentó frente a mí en mi estudio y contempló las fotografías en las paredes. El retrato de mi madre, de quien me había escondido cuando los soldados acorralaron a los judíos de nuestra calle y a la que había visto por última vez cuando la metían a empujones en un camión junto con tantos de nuestros vecinos. La foto de *D'Artagnan*, su perro, mi perro, el mismo que había tratado de atacar a uno de los nazis que sujetaban a mi madre y había recibido un disparo por su valentía. La fotografía de la familia que me había acogido y ocultado, y que me había convertido en un hijo más pese a todos los problemas que ello acabó suponiéndoles.

Se quedó mucho rato sin decir nada, y decidí esperar a que se sintiera preparado. Y luego, por fin, anunció que tenía una historia que contarme; la historia de un niño que había empezado abrigando amor y decencia en su corazón, pero al que después había corrompido el poder. La historia de un niño que había cometido crímenes con los que tendría que vivir el resto de sus días. Un niño que había hecho daño a gente que lo quería y que había contribuido a las muertes de aquellos que no le habían mostrado más que cariño. Un niño que había sacrificado el derecho a llevar su propio nombre y que tendría que pasar el resto de sus días luchando por merecerlo de nuevo. La historia de un hombre que deseaba encontrar un modo de reparar el daño que habían causado sus actos y que recordaría siempre las palabras de una criada llamada Herta, quien le había dicho que nunca fingiera que no había sabido lo que estaba ocurriendo, que una mentira así sería el mayor crimen de todos.

—*¿Te acuerdas de cuando éramos niños?* —me preguntó—. *Yo tenía historias que contar, igual que tú, pero no conseguía ponerlas por escrito. Cuando tenía una idea, sólo tú eras capaz de plasmarla con palabras. Y me decías que, aunque la hubieras escrito tú, seguía siendo mi historia.*

—*Sí, me acuerdo* —contesté.

—*¿Crees que podemos volver a ser niños otra vez?*

Negué con la cabeza y sonreí.

—*Han ocurrido demasiadas cosas para que eso sea posible. Pero puedes contarme lo que te pasó cuando te marchaste de París, por supuesto. Y después, ya veremos.*

«Va a llevarme mucho rato contarte esta historia —me dijo Pierrot—. Y cuando la hayas oído, tal vez me desprecies, incluso desees matarme. Aun así, voy a contártela, y tú podrás hacer con ella lo que quieras. Quizá escribas sobre ella. O quizá pienses que más vale olvidarla.»

Me dirigí a mi escritorio y aparté a un lado mi novela. Al fin y al cabo, era trivial comparada con lo que él iba a contarme, y podía volver a ella otro día, cuando ya hubiese oído todo lo que él tenía que decirme. Y así, tomando un cuaderno nuevo y una estilográfica del armario, me volví hacia mi viejo amigo y utilicé la única voz que había tenido nunca, las manos, para indicarle mediante signos dos palabras que sabía que él comprendería:

—*Vamos allá*.

Agradecimientos

Los consejos y el apoyo de amigos y colegas a lo largo y ancho del mundo mejoran infinitamente cada novela que escribo. Muchas gracias a mis agentes: Simon Trewin, Eric Simonoff, Annemarie Blumenhagen y a todos los demás en WME; a mis editores: Annie Eaton y Natalie Doherty, en Random House Children's Publishers, en el Reino Unido; Laura Godwin y Henry Holt, en Estados Unidos; Kristin Cochrane, Martha Leonard y el maravilloso equipo de Random House en Canadá, y a todos aquellos que publican mis novelas en todo el mundo.

Gracias también a mi marido y mejor amigo, Con.

Los últimos capítulos de la novela se escribieron en mi alma mater, la Universidad de East Anglia, en Norwich, en otoño de 2014, cuando impartía un máster en Creación Literaria. Por recordarme que es maravilloso ser escritor y obligarme a pensar en la ficción de maneras distintas, muchísimas gracias a unos grandes escritores del futuro: Anna Pook, Bikram Sharma, Emma Miller, Graham Rushe, Molly Morris, Rowan Whiteside, Tatiana Strauss y Zakia Uddin.